没落した貴族家に拾われたので恩返しで復興させます

六山 葵
Aoi Rokuyama

ill. 福きつね

CONTENTS

Botsuraku shita kizokuke ni hirowareta node
ongaeshide hukkou sasemasu

登場人物紹介
マーク
レオンに初めてできた友達。学院寮のルームメイトでもある。
モゾ
レオンが夢の中で出会った猫。元々は黒い影の塊だった。
レオン
不思議な前世の記憶を持つ本作の主人公。溢れる魔法の才能を活かして実家の復興を目指す。

ルイズ
勉強熱心な
貴族の子女。
負けず嫌いな
一面も。
ヒースクリフ
王国の第二王子。
何故かレオンに
目をつけている。
レンネ
レオンの母。
ドミニク
レオンの父。
???
神秘的な空気を
纏う謎の男。
レオンと関わりが
あるようだが……？
マルクス
レオンの弟。

プロローグ

Botsuraku shita kizokuke ni hirowareta node
ongaeshide hukkou sasemasu

気がつくと少年はそこにいた。

古びた洋館のような場所で少年は暖炉《だんろ》の前で毛布にくるまっていたのだ。自分が何故《なぜ》そこにいるのか少年にはわからない。

それどころか、自分の名前もそれまで何をしてきたのかも何一つ思い出せなかった。

少年の目の前には黒い影の塊《かたまり》のようなものがモゾモゾと動いている。得体の知れないそれに不思議と恐怖は感じなかった。

その異様な見た目の物体には不思議と愛らしさもあった。

黒い塊はしばらくただモゾモゾと少年の周りを這《は》い回っていたが、やがて球体に姿を変えた。そのあとも四角くなったり棒状になったりと様々な形に変化して、最後には猫になった。それは少年の周りをくるくると歩き回り、次に暖炉に興味を持ったらしい。暖炉にくべられた火を恐る恐る覗《のぞ》き込み、熱かったのか大慌《おおあわ》てで顔をはたき少年の後ろに隠れるように逃げ込む。

少年はその影に「モゾ」という名前をつけた。

モゾと少年は屋敷の中を探検することにした。

目が覚めた部屋に置いてあったランタンを持って廊下《ろうか》に出て歩く。

冷たい空気に触れ、モゾはブルッと体を震《ふる》わせた。少年はモゾを拾い上げ、自分の肩に載《の》せて毛布を上から羽織《はお》った。

暗い廊下にはいくつかの部屋があった。

少年はそのうちの一つの扉が少しだけ開いていることに気づいた。恐る恐るその扉を開く。

部屋の中には沢山《たくさん》の本が並べられている。少年はランタンを地面に置き、本棚《ほんだな》から本を一冊抜き取る。

本には知らない文字が書かれている。しかし、何故かその文字の内容は少年の頭によく入ってきた。

不意に肩からモゾが飛び下りた。

モゾはランタンの明かりから逃げ、部屋の暗闇《くらやみ》に向かっていく。

少年は手にしていた本を元の場所に戻し、ランタンの明かりを掲《かか》げてモゾを探した。

モゾは部屋の一番隅《すみ》の本棚をよじ登っていた。

少年が近づくと、モゾは一冊の本を懸命に抜き取ろうとしているようだった。モゾが取ろうとしていたのは赤い表紙の本。少年はその本を抜き取るのを手伝った。

本はスルリと棚から出てきた。

弾みで本は少年の手を離れ、床へと落ちてしまう。落ちた拍子《ひょうし》に本が開いた。

知らない文字がぎっしりと詰まったそのページに、何故か少年は目を奪《うば》われてしまう。開かれたページは青白く光っていた。

少年は本を手に取り、顔を近づける。

光は徐々に強くなっている。

そして、やがて光は少年を包み込んだ。

◇

少年の夢はいつもそこで終わる。再び目を開けた時、少年はいつもと同じ部屋のベッドの上にいるのだ。

「またあの夢か」

ため息をつき、少年は部屋の窓から外を眺《なが》める。

少年の肩まで伸びた髪が揺《ゆ》れる。

朝焼けが庭の前の畑を照らしていた。

トントンと部屋の扉がノックされ、少し間を空けてからゆっくりと開いた。

「兄さん、母さんが朝ごはんの前に鶏《にわとり》の世話をしなさいって」

入ってきたのは弟のマルクスだった。

「わかった」と簡単に返事をしてから、少年は上着を羽織り庭へと出ていく。

少年の名前はレオン。

レオン・ハートフィリア。ハートフィリア家の長男である。長男と言ってもレオンはハートフィリア家の正当な後継者ではない。

理由は二つ。

まずはレオンが実子ではないということ。レオンは拾われた子だった。

ハートフィリア家の現当主、ドミニクが森の中で捨てられていた赤子を拾って育てたのである。

そしてもう一つの理由は、ハートフィリア家が没落《ぼつらく》した元貴族家であること。

数十年前までは貴族家として栄えたハートフィリア家だったが、領地を失い今では山の中に建てた小屋で暮らしているのだ。そのため今のハートフィリア家に後継者などいないのであった。

レオンは家の外へ出て鶏小屋のある方へと向かった。

その後ろを、この間六歳になったばかりのマルクスがトコトコとついてくる。レオンが箒《ほうき》を手に取るとマルクスも真似して箒を手にする。

まだ身長の低いマルクスが箒を持つと、箒の長さと身長がアンバランスで妙に可愛《かわい》い。箒を懸命に振り回すと、レオンを真似して伸ばした髪が左右に揺れる。レオンはそれを見るのが好きだった。

小屋の中のフンや羽、野菜クズの食べ残しなどを箒でテキパキとかき集め、最後に餌箱《えさばこ》に餌を入れる。

そのほとんどはレオン一人で十分に終わらせられるのだが、マルクスはそれでも懸命に手伝ってくれる。

鶏小屋の手入れが終わると、二人は桶《おけ》を持って家の近くを流れる川へと向かう。川で手と顔を洗い、最後に桶に水を汲《く》む。

あとで掃除や体を拭《ふ》くのに使うためだ。

それから二人で家の中に入って母親であるレンネの食事の準備を手伝う。これがハートフィリア家の日常だった。


「レオン、今日は裏の山へ狩りに行く。一緒に来るかい？」

朝食の時、ドミニクが聞くと、レオンは喜んで頷《うなず》いた。

ハートフィリアの人間は皆、レオンに優しかった。

赤子だったレオンを本当の子供のように愛し、育ててくれた。マルクスが生まれてからもそれは変わらず、レオンを長男として扱い、二人に優劣をつけるようなことはしなかった。

また、元貴族とは思えぬほど人当たりの優しい両親だった。貴族の位を失《な》くしたあとも自分たちにできる仕事を考え、工夫して生活のやりくりをした。贅沢《ぜいたく》はせず、不満も言わずに毎日を生きていた。

レオンはそんな両親が好きだった。自分を慕《した》ってくれる弟のことも大好きだった。

ただ一つ、気になることがあった。

それは、自分が何者なのかということ。

レオンは自分とこの家族たちの間に血の繋《つな》がりがないことに気づいていた。

まず見た目。ハートフィリア家の三人は皆、茶髪で髪と同じ色の目をしている。

しかし、レオンの髪の色は白っぽい銀髪で瞳の色も青い。その見た目の違いがレオンの異質さを示していた。

何よりも、レオンには拾われた時の記憶が残っていた。もっと言えばそれ以前——前世らしき頃の記憶も。

とてもうろ覚えだったが、確かにレオンの記憶として残っている。古ぼけた大きな屋敷とその部屋の一つにある暖炉。そしてモゾという名前の黒い影。

レオンはその記憶を夢として何度も経験しているのだ。

いつの記憶なのかもどこでの記憶なのかもレオンは覚えていなかったが、それが本物であるということには何故か確信を持てた。

そしてその屋敷で開いた本。レオンの記憶では、それは魔法に関する本だったはずだ。

ハートフィリア家に拾われてからある程度体が成長し、それなりに自由に動けるようになった頃、レオンは記憶を頼りに魔法を使ってみたことがある。

結果は成功。思っていた通りの呪文《じゅもん》で思っていた魔法が発動された。

このこともレオンが自身の記憶が正しいと確信する要因の一つになっていた。

ただ予想外だったのは自身の魔力量の低さだった。簡単な魔法を一つ使っただけで眠るように気絶してしまうのだ。

そのことに気づいたレオンは自身の魔力量を向上させるために、記憶にある本の内容を元に訓練を始めた。

それはとても簡単で、毎日自身の限界まで魔力を使うという訓練だ。

簡単だが、辛かった。魔力を限界まで使い、気を失うと魔力酔《まりょくよ》いと呼ばれる状態がしばらく続くのだ。激しい倦怠感《けんたいかん》と嘔気《おうき》などの症状が現れ、酷《ひど》い時には熱も出る。そのせいでレオンは両親に病弱な体質だと思われていた。

レオンはこの訓練を十五歳になる現在まで続けていて、魔力切れを起こすまでの時間もだいぶ長くなった。いくつかの魔法は、一日中使い続けることもできるようになったほどだ。

そのおかげか、魔力酔いを起こすこともほとんどなくなり、両親もほっとしていた。

朝食のあと、ドミニクとレオンは家の裏にある山の中へと入っていった。マルクスもついていきたそうにレオンを見ていたが、さすがにまだ幼すぎるということで置いてきた。家から一番近い山とはいえ迷うこともある。

現在のハートフィリア家の仕事はこの山の守《も》り人《びと》のようなものだった。

山を定期的に見回り、異常がないか確認する。そして、時折山で狩りを行い、森を抜けた先にある町でその肉を野菜や調味料と交換してもらうのだ。

「レオン、見なさい。オオツノシカの足跡だ」

ドミニクが不意に立ち止まり、地面を指差してレオンに言った。そこには大きな蹄《ひづめ》が三つついた足跡が見える。

「こいつは雄《オス》だね。オオツノシカの雄の肉は硬い。他の獲物か、雌《メス》を探してみよう」

ドミニクはそう言って再び前を歩き始める。

「どうしてそんなに山に詳しいの？」

歩きながらレオンはドミニクに尋《たず》ねた。

するとドミニクは少し笑ってから――

「父さん、つまりレオンのおじいさんの趣味だったんだよ。ウチは元々は貴族家だったけど、その頃でもそんなに豪華な生活をしてたわけじゃないんだ」

ドミニクがまだ子供の頃、ハートフィリア家は貴族の位にいた。

土地を持っていて、そこに暮らし、領民からの税収があったのだ。ハートフィリア家が治める土地の税収は軽く、領民は豊かに暮らすことができていた。

しかし、税収が軽いということは、それだけハートフィリア家の収入も少なくなるということだ。税収のほとんどは町の維持費や交易などに消え、ハートフィリア家が毎日の生活にも困るようになると、ドミニクの父は決まって森の中へ狩りへ出かけた。ドミニクもその狩りによくついていき、そこで狩りのあれこれを学んだ。

「あの頃は確かに貧しかったけど、家族も町に暮らす人も皆笑っていてよかったなぁ」

そう言って懐かしそうに笑うドミニクの顔は、レオンには少し寂《さび》しそうにも見えた。

二人は山をどんどん登っていく。やがて、ドミニクが雌のオオツノシカを見つけた。

ドミニクは身振りで屈《かが》むように伝えると、レオンは指示に従う。

オオツノシカから一定の距離を取って、ドミニクは時計回りに山道を迂回《うかい》した。それが風下に回ることでオオツノシカに自分たちの匂いを気づかせないためだとわかったレオンも、彼と同じ道を辿《たど》って歩いた。

ドミニクとオオツノシカとの距離が数十メートルまで近づいた。ドミニクが右手でレオンを制した。これ以上近づけば気づかれるという意味だろう。

レオンは無言で頷き、その場で止まる。

ドミニクが両の手で丸の形を作り、その丸をオオツノシカの方へと向ける。

オオツノシカはまだこちらに気づいていない。

ドミニクの両手が淡く光り出す。薄い黄緑色の光だった。光はレオンが瞬きをした一瞬のうちにドミニクの手から放たれ、一直線にオオツノシカへと向かっていき、その体を貫いた。

ドサッと重量感のある音と共にオオツノシカが倒れる。

「今の魔法、なんだかわかるかい？」

ドミニクに聞かれてレオンはすぐに答える。

「『風の矢』と呼ばれる風魔法」

「そうだ」と頷いたドミニクは、仕留めたオオツノシカの元へと向かい、完全に息絶えていることを確認した。

「よいしょ」と掛け声をかけてドミニクがオオツノシカを背負う。レオンから見ればドミニクは細腕で華奢《きゃしゃ》な部類に入る体格をしている。それなのに大の大人よりも大きいオオツノシカを担《かつ》ぐ力がどこにあるのだろうかと不思議だった。

二人は倒したオオツノシカを解体するために登ってきた山を下り始めた。

「もうすぐレターネ神祭《しんさい》だね」

山の入り口付近にある水辺でオオツノシカの解体をしながら、ドミニクが言った。

レターネ神祭とは、この世界の唯一神であるレターネにその年に成人になる子供たちが健やかに育ったことを感謝し、彼らがこれからも健康に生きられることを祈る祭りだ。今年十五歳になるレオンも、この祭りの主役として出席しなければいけない。

「どうするのかは決めたかい？」

次に続いたドミニクのこの質問をレオンは予測していた。

レターネ神祭が終わったあと、子供たちは正式に成人と認められるようになる。決まった仕事につき、税を納め、やがては身を固める。

大抵《たいてい》は親と同じ職業につくが、例外もあった。

その例外の一つが魔法学院への入学だ。

成人を迎える子供たちは皆、成人した日、つまり誕生日に魔法適性の検査を受ける。ここで魔法の適性があると認められた者は魔法学院への入学か、親の仕事を継ぐかの二択から選ぶことができるのだ。

普通は平民の中から魔法適性のある子供が見つかることは珍しく、魔法学院へ入学するのは貴族の子供たちばかりだ。しかし、物心ついた時から魔法が使えたレオンは当然のようにこの魔法適性があった。

ドミニクと母親のレンネはレオンが魔法学院への入学を希望することを心配しているのだ。

通常、学院への入学はその先の安定した未来を得たも同然で親からは喜ばれる。だが、それは貴族家の人間にとっての通常だった。

平民が魔法学院へ入学すると貴族の同級生からの風当たりが強く、中には辛い学院生活を送ることになる者もいる。学院は貴族生と平民生は平等と謳《うた》っているが、卒業する時までそれを受け入れられない貴族生もいるのだ。

さらに元貴族に対する貴族家の態度は平民に対するそれよりも酷い。

また、レオンは見た目が目立つ。

白っぽい銀髪の子供などそうそういない。

そんなレオンがもし魔法学院に入ったらどうなってしまうのかと、ドミニクもレンネも気が気ではなかった。

ただしかし、レオンの気持ちはずっと前から決まっているのだ。

解体を手伝っていたレオンの手が止まる。

その様子に気づき、ドミニクも手を止めてレオンを見た。

ドミニクはドキリとした。

レオンの青い目が真っ直ぐに自分を見つめていたのだ。

「父さん。僕、魔法学院に入学します」

レオンは両親が心配していることを重々わかっていた。

そして山を守り、貴族ではなくなったあとも懸命に働くドミニクのことを心から尊敬していた。

魔法学院に行くのはその仕事を継ぐのが嫌だからではない。捨て子だということを理由に家を出たいだとかそういう理由でもない。

レオンには確固たる信念があり、そうしなければならないのだ。いや、そうしたいと思っているのだ。

ドミニクは本当はレオンが魔法学院に行くと言えば反対するつもりでいた。

魔法なんて大して優れたものではないと、無理して貴族社会に入る必要なんてないと説得するつもりでいた。

しかし、自分を見つめるレオンのその真剣な眼差《まなざ》しに、ドミニクは何も言えなかった。

家に帰ってから改めてレオンが両親に話すと、しばらくしてからレンネも頷く。レオンの固い決意を二人は尊重することにした。

こうしてレオン・ハートフィリアの魔法学院への入学が決まったのであった。


その貴族に出会ったのはレオンが十歳になった頃――

山での狩りはまだ許されていなかったが、ドミニクが狩ってきた獲物を町に売りに行く時には一緒についていっていた。

その貴族には町で偶然出くわした。ドミニクとレオンの前に一台の馬車が止まったのだ。すかさずドミニクが膝を突き、レオンにも同じようにさせる。

「おやおや、誰かと思えばハートフィリア卿《きょう》……いや、ハートフィリアではないか」

そう言って馬車から降りてきたのは高級な毛皮でできたローブを纏《まと》い、首や指先には宝石をあしらったアクセサリーを嫌味ったらしくジャラジャラとつけた太った男だった。

「お久しぶりでございます。ネバード様」

ドミニクが頭を下げたまま言う。ネバードと呼ばれた貴族はドミニクを見下したような目で見てから視線をレオンへと移した。

「お前の息子か、何歳になる」

「十歳になります」とレオンが答えた。

その受け答えにネバードは少し狼狽《うろた》えた。

彼にはレオンと同い年の息子がいる。その息子と比較してレオンの利発さに驚いたのだろう。

それが悔しかったのかネバードはフンッと鼻を一回鳴らしてから、レオンの髪を指差して冒涜《ぼうとく》した。

「なんだその気味の悪い髪の色は！　まるで悪魔だ！　悪魔の子供だ！」

その醜《みにく》く突拍子《とっぴょうし》のない暴言にレオンは呆気《あっけ》に取られたが、我が子を冒涜されたドミニクは明らかに怒りの表情に変わった。

ネバードはそれを見過ごさず、「なんだその顔は！　貴族様に文句でもあるのか!!」と言ってレオンの前でドミニクを殴《なぐ》る、蹴《け》るなど暴行し始める。

しばらく暴行は続き、最後に「これだから裏切り者のハートフィリア家は……」と捨て台詞を残して去っていった。

時間にして数分の出来事だったが、レオンはこのネバードという貴族のことをしっかりと頭に刻んだ。そして裏切り者という言葉も。

家に帰ってからレオンは家の屋根裏部屋である本を開いた。それはハートフィリア家にある数少ない本のうちの一冊で、手記のようなものだった。書いたのはドミニクの父、レオンの祖父だ。

その本にはハートフィリア家が貴族位を貰うに至った理由と、それを剥奪《はくだつ》され没落した経緯が記されていた。

結論から言えば、ハートフィリア家は本来国王に納めるための金を騙《だま》し取られたのだ。その首謀《しゅぼう》者《しゃ》として書かれていたのがネバード家だった。

当時のネバード家当主はハートフィリアの人の好《よ》さに付け込み、金を貸してほしいと頼み込んだのだ。ハートフィリア家は快く金を貸し、その結果、金は返ってこなかった。ネバードはずる賢く、証拠一つ残さなかったためハートフィリアは没落してしまったのだ。

レオンは本の内容からそのことを知っていた。

そして、今日父親を痛めつけた男がネバード家だと知った。


この日からレオンには目的ができたのだ。

ハートフィリア家を再び貴族家にすること。

そしてその目標のために、レオンは魔法学院へ入学することを決意した。

魔法学院へ入学し、魔法使いとなって何らかの職業につけば、功績をあげてハートフィリアを再び貴族にすることも難しくないと考えていた。

他家の身勝手な行いで没落し、それでもなお前向きで、捨て子だった自分にも本当の愛を注いでくれた。そんなハートフィリア家にできる恩返しは、レオンにはこれしか思いつかなかったのだ。

入学編

Botsuraku shita kizokuke ni hirowareta node
ongaeshide hukkou sasemasu

レターネ神祭が終わり、レオンは正式に成人した。

そして魔法学院入学のためにレオンが王都へと旅立つのは明日。もう既に夕方になっていたが、昨日と今日の二日間はレオンにとって、とても大変な日だった。

まずは昨夜、珍しく酒を持ってきたドミニクと二人で飲んだ。

最初は楽しく、成人として飲酒が認められたばかりで慣れない酒に戸惑《とまど》いながらも上手くやっていたのだが、次第に酔いが回ってきたドミニクが泣き出したのだ。

ドミニクは泣き上戸《なきじょうご》だった。普段の落ち着いた様子も父親としての威厳《いげん》も失ったドミニクはただただ泣きながら、レオンがいなくなるとどれだけ寂しいのか、レオンのことをどれだけ愛しているのかを延々と語った。

そんな鬱陶《うっとう》しくも微笑ましい光景にレオンも瞳が潤《うる》んだ。

飲み会は空が少し白むまで続き、そのあとレオンは少しだけ眠った。起きてから傍《かたわ》らを見ると、弟のマルクスがレオンに寄り添うように寝ていた。

今朝方大変だったのはこのマルクスで、それまで必死に我慢していたのか、弾けたように泣き出してレオンにしがみついて離れなかった。

仕方なくレオンはマルクスを引きずったまま残っていた旅の準備をして、あとの時間をマルクスと二人で過ごした。

泣き止んだマルクスはレオンに魔法を教えてとねだり、レオンは簡単で危なくない魔法を教えた。

指で輪っかを作り、そこに魔力を注ぎ込み息を吹きかけるとしゃぼんの玉が出てくるという「しゃぼん」の魔法だ。

驚くことにマルクスはこれを簡単に成功させてしまい、マルクスにも魔法の適性があることがわかった。

ドミニクもレンネも魔法が使えるため、ハートフィリア家は全員に魔法適性があるということになる。

しゃぼんでひとしきり遊んだあと、マルクスは魔力が切れたのか単に疲れてしまったのか、レオンの肩にもたれてスヤスヤと眠ってしまった。

眠ったマルクスを起こさないように抱っこして、レオンはようやく家に戻ってきた。中に入ると、レンネがキッチンで料理をしているところだった。

「あら、寝ちゃったのね」

そう言ってレンネはマルクスの頭を優しく撫《な》でる。その後、同じようにレオンの頭を撫で始めた。

「母さん、僕もう大人だよ」

されるがまま撫でられて恥ずかしそうに言うレオンに、レンネは笑いながら「私にとってはいつまでも子供だもの」と言った。

マルクスをベッドに寝かせたあと、レオンは料理を作る母を手伝った。鳥の丸焼きと庭の畑で取れた野菜の煮物。

どれもレオンの好物だった。

レンネはそれらを皿に盛り付け、一緒に弁当箱にも入れていく。

「王都は遠いから、きっとお腹が空《す》くわ」

レオンの荷物が一つ増えた。

食事の準備ができると、帰ってきたドミニクと起きてきたマルクスも一緒に、早めの夕食を四人で和《なご》やかに囲み、少しの間楽しく話して、レオンはベッドで眠りについた。

◇

翌朝、日がまだ昇り切る前にレオンが目覚めると、既に家の前に王都へ行く馬車が来ていた。

「おはようございます。レオン・ハートフィリア様ですね？　王都までの御者《ぎょしゃ》を務めますハイデルと申します。こちらはリッヒ」

そう名乗り頭を下げる御者二人にレオンも頭を下げてから、馬車に荷物を詰め込んだ。

「父さん、母さん、マルクス。行ってきます」

寂しくて溢《あふ》れそうになる涙を堪《こら》えながらレオンがそう言うと、同じくらい涙を堪えている三人が頷いた。それでも四人は笑顔だった。


王都へ向かう馬車は寝台馬車と呼ばれる特殊なものだ。

車の中に座席と眠るための簡易的なスペースがあり、夜はそこで眠る。御者も二人が交代して運転することで、夜も走り続けることができるという。

王都までの距離は長く、ハイデルとリッヒの話では丸三日はかかるそうだ。馬車の料金も相当なものになりそうだが、その費用や入学費、その他学院での生活でかかる費用のほとんどは魔法学院が負担する。

それほどまでに魔法を使える者の存在は大切だということだ。

馬車に乗って最初の数時間、レオンは家を離れた寂しさと同時に、これから始まる学院生活への

ワクワクを感じていた。

見るもの全てが新鮮に映り、ずっと窓の外を見ていても楽しかったのだが、さらに数時間経《た》つと代わり映えのしない景色に飽き飽きとしてきた。

見えるものといえば木と、それから木と、また木と……果てしなく森が続いているのだ。

御者の一人のリッヒは夜に備えて既に寝ているし、ハイデルもたまに話をする程度で運転に集中している。

レオンはこの暇《ひま》な時間をどうしようかと考え、魔法の練習をすることにした。といっても大きな魔法など使えるわけもないので、手から水が出る魔法と水を操る魔法を組み合わせて、水で様々な形を作って遊ぶくらいなのだが。

レオンの記憶では魔法において大事なのは威力や規模ではなく、それをコントロールすることだった。同じ魔法でも熟練度が違えば威力が違うし、使用する魔力量も変わってくる。

レオンが今行っているこの魔法の遊びは、魔法をコントロールする力を身につけるのにもってこいだった。

水をまず四角形にし、次に丸、次に三角といった具合でどんどん形を変えていく。

段々と形を複雑なものに変化させ、馬車の中から見えた小動物の姿や空想上の竜やユニコーンといった姿まで作り出した。

ふと視線を感じてレオンが顔を上げると、寝ていたはずのリッヒが感心したようにこちらを見ていた。

「いやぁ、器用なもんですねぇ。私なんてそんな難しい形は作れませんよ」

そう言ってリッヒも水の球を作り上げるが、球は歪《いびつ》な形をしていてすぐに消えてしまう。

寝台馬車の御者、正確には王都へ向かう学院生の乗る馬車の御者は、夜盗や獣などに襲われても撃退できるように皆魔法が使えるのだ。

といっても本当にすごい魔法使いであれば御者という仕事はやっていないので、魔法の腕はそれほどではないのだが。

彼らはいわゆる落ちこぼれというやつで、魔法の適性を持ち魔法学院に入学したはいいものの、そこで優秀な成績を修められず望んだ職業にはつけなかった者たちである。貴族出身の者ならば成績が振るわずとも自分の家の魔法使いとして生きていくこともできるのだが、平民出身ではそれも難しい。この時期に学院までの御者を務めているほとんどの者が平民の魔法使いであった。

そんなリッヒには、目の前のレオンがやっていることは天才の所業に見えただろう。

こんな遠いところまで貴族でもない人間を乗せると聞いて不思議に思っていたが、これはきっと何百年に一人というほどの逸材《いつざい》に違いない、とリッヒは勝手に考え、勝手に光栄に思っていた。

日が暮れ始め、そろそろ夕食時かという頃に馬車はようやく森を抜けた。

昼間に御者をしていたハイデルが御者席から顔を出し、夕食は馬車を止めて温かいものを作ろうかと提案した。

昼はレンネに持たされた弁当を食べたレオンは了承し、馬車は森を抜けた先の小道で一度停車した。揺れる馬車の中でご飯を食べるのはなかなか難しく、レオンはもどかしく感じていたのだ。

ハイデルとリッヒが手早く焚《た》き火《び》の用意を始め、旅用の小型鍋に具材と調味料を加えて簡単におじや風の夕食をご馳走《ちそう》してくれた。この食費も魔法学院負担らしい。

レオンは二人の手早さに驚きながら一口食べ、その美味しさに再び驚いた。

初めての旅は退屈な時間と美味しい食事で幕を開けたのだった。

◇

王都までの道のり二日目。夜の間もリッヒにより何の問題もなく進行した寝台馬車は昼になった今も順調に進んでいる。

木ばかりだった風景も段々と平原になり、いくつかの村を通過して次第にしっかりと整備された道を走るようになった。

「もうすぐ着く商業都市リーンを抜ければ、あとは安全な街道だけですから」

馬車を走らせながらハイデルが言った。

商業都市リーンは王都とその他の町を繋ぐ都市で、多くの商人が行き交い交易が盛んだ。

リーンから王都までは長く広く整備された道が敷かれていて、街道沿いにはいくつかの警備所もあり、これまでの道のりに比べ随分《ずいぶん》と安全になる。

レオンは窓から体を乗り出して進行方向を見た。

少し先に大きな外壁が見える。他にも馬車が数台同じように走っている。皆行き先はリーンのようだ。

「行程に少し余裕も出てきたんで、ちょっとくらいなら寄れますけどどうします？」

ハイデルにそう言われ、レオンの顔が輝く。

「お願いします！」

寝台馬車はリーンの町の門を通過して中へと入る。

ハイデルは馬車を指定された場所に停めると中で寝ているリッヒに番を頼み、降りてきた。

「先に昼食にしましょう。そのあとで町を少し案内しますよ」

ハイデルはこの商業都市に詳しいらしい。

レオンは案内されるままに町の中を歩く。

生まれてから自宅と近くの小さな町しか知らなかったレオンにとって、商業都市リーンはとても魅力的だった。

町にある建物も住んでいる人たちの雰囲気もレオンの知るものとは違う。特に大通りを行く人々と声を張り上げる商人たち。活気あるその光景にレオンは圧倒された。

ハイデルが案内したのは魚料理が名物の店だった。

「この近くに海はないんですけどね、ここに来る魚は鮮度も良くて美味いんですよ。商業都市だからこそできる質の良さですよ」

ハイデルの言う通り、その店の魚料理は絶品だった。出てくる魚介の数々に今まで川魚しか食べたことのないレオンは舌を巻く。

食事が終わるとハイデルはレオンに町を案内した。

リーンには魔法使い用の店も多くあり、学院の関係者たちも良く通う。

レオンは案内された店で小さい魔法の本を一冊買った。

さすがにこういった個人的な買い物まで魔法学院が面倒を見てくれるわけではないので、これはレオンの自費だ。小さい時からコツコツと貯めていたお小遣いと、旅立ちの日に両親が持たせてくれた貴重な資金だ。無駄遣《むだづか》いはせず、必要なものにしか使わないと決めている。

「レオンさん、もう出ましょうか」

そろそろ出発しなくては王都に間に合わなくなると言うハイデルの言葉を聞いて、レオンは少し名残惜《なごりお》しく感じたが、学院の生徒になればいつでも来られると説得された。

馬車に戻るとリッヒは変わらずに寝ていて、特に異変はないようだった。

レオンは馬車に乗り込み、買ってきた本を開く。

本には「魔《ま》と印《いん》の違い」と短く題名が書いてある。印というレオンの記憶にはない言葉に惹《ひ》かれて買ったものだ。

本によれば印とは魔法の道具を作るため、魔力を文字にして道具に記すものらしい。

魔法とは違い、一度印を記された道具は誰にでも使えるようになる。レオンの夢にも出てきたことのない情報だった。

リーンから王都まで向かう間、レオンはこの本の隅々まで目を通して時間を潰《つぶ》した。

◇

レオンを乗せた寝台馬車は三日間の行程を経て今、王都の門を潜《くぐ》った。

馬車を降りたレオンはハイデルとリッヒに別れの挨拶をする。とはいえ、二人とも本来は王都で魔法使いとして仕事をしており、魔法学院の入学式があるこの時期だけ御者をしているため再び会う機会は十分にあった。

レオンがここまでのお礼を言うと、ハイデルは魔法学院までの道程を示した地図をくれた。


彼らと別れたあとは、その地図を頼りに魔法学院を目指したが、何故か辿り着けない。地図はとてもわかりやすく、複雑な道もない。それなのに地図の通り進んでも魔法学院は見えてこないのだ。

最初レオンは地図が間違っているのだと思ったが、すぐにそうではないことに気がついた。周りを見回すと、同じように地図を持って頭を捻《ひね》っている者たちが多かったからだ。

それに地図に気を取られてばかりだとわからなそうだが、レオンはさっきからほとんど同じところをグルグルと回っていると気づいていた。

建物の色や装飾が僅《わず》かに違うだけで大きさや配置はほとんど同じ。歩いても歩いても似たような建物が出てくるだけだ。

こんなことができるのは魔法しかありえない。

誰かが魔法によって入学生たちを妨害《ぼうがい》しているという結論にレオンは至った。

では一体誰が？　という疑問をレオンはとりあえずしまっておく。そんな余計なことを考えている時間はない。

事前に送られてきていた魔法学院からの入学案内には小さく「入学を希望する者は校門を潜り受

付を済ませること（時間厳守）」と書かれていた。

指定された時間の期限は今日の日没まで。

既に昼を過ぎて少し時間が経っているので、残された時間はあと数時間だった。

入学案内を貰った時レオンは特に気にもしていなかったが、最悪時間を過ぎれば入学できない可能性がある。

そのためレオンが今するべきは、この魔法をかけたのが誰なのかを突き止めることではなく、いち早くこの状況を抜け出して、魔法学院に辿り着き受付を済ませることだった。

レオンはとりあえず使い物にならない地図を懐《ふところ》にしまった。

そして目の前にある建物の壁に手をかけて「相殺《そうさい》」の呪文をかけた。「相殺」は相手の魔法を跳《は》ね返《かえ》して消すという単純なものだ。

しかし、「相殺」のあとも建物には何の変化もないように見える。

「建物じゃないんだ」

レオンは自身の手を見つめながら呟《つぶや》く。「相殺」が発動したことは感覚でわかる。発動したのに状況が変わらないのは、魔法がかかっているのは建物ではないということだ。

周りにいた入学生たちも段々と現状の不可解さを理解したのか皆思い思いに魔法を発動し、打開策を探っている。

レオンは魔法がかかっているのはどこかを考えながらその状況を眺めていた。そしてあることに気がついた。

周囲にいた迷っている人の数が減っているのだ。先程までは学生と思われる者たちが何人もいたのに、今ではその数がグッと減っている。まだ多くの人間がこの迷いの道に取り残されているようだが、残っているのはレオンと同じように大きな荷物を抱えている者ばかりになっていた。

大きな荷物を持っているということから、残されているのが入学生であるというのは容易に想像できる。

もしこの魔法が入学生を足止めするために、例えば町全体にかけられているのだとしたら、そこから町の人間だけを除くなんてことができるのだろうか。

それに人数が減っているのであれば、この魔法を解いて抜け出した人がいるということだ。それなのに建物や背景に変化があったようには思えない。

レオンの中で点と点が結びつき、線になった気がした。

◇

「レオン・ハートフィリア、入学おめでとう」

そう言って熱いハグをしてくるその男性教師に、レオンは少したじろいだ。

数分前、レオンは無事、魔法学院に辿り着くことができた。

魔法がかかっていたのは建物でも場所でもなく、レオン自身だったのだ。

そのことに気がついたレオンは自分自身に「相殺」の魔法をかけた。するとそれまでの景色が一瞬にして切り替わり、今いるこの場所に立っていた。

目の前には筋骨隆々《きんこつりゅうりゅう》で坊主頭《ぼうずあたま》の熱血教師、グラントがいた。その後ろには学院の教師陣が拍手で迎えている。

どうやらこれは、魔法学院への入学試験だったらしい。

王都に辿り着いた入学生たちに「幻影《げんえい》」の魔法をかけ、魔法学院に辿り着けるかどうかを試していたのである。

魔法をかけたのは恐らくハイデルで、彼に渡された地図が魔法の引き金になったのだと、レオンは考えていた。

その証拠に懐にしまったはずの地図はどこにもない。

レオンは迷っている人の人数が減っていることに気づき、抜け出すことができたがあれはおそらく学院からのヒントだったのであろう。入学生の中に既に学院で学んでいる上級生を何人か潜り込ませていて、彼らに先に魔法を解かせることで使われている魔法の特性に気づかせたのである。

「さぁさぁハートフィリア。君はアインツだ。教室に行きなさい」

グラントに言われてレオンは学院の敷地を進む。案内役の二年生がレオンに入学試験について教えてくれる。

その二年生によれば、この入学試験はどうやらクラス分けも兼ねているらしく、着いた順にアインツ、ツヴァイ、ドライと割り振られていくようだ。

アインツということは、レオンは入学生の中で割と早く魔法学院に辿り着いたということだ。

もちろんそれだけで魔法の実力が高いというわけではないが、魔法学院ではこういった魔法に関連した突発的な試験がよく行われる。そしてその試験の順位は教師陣が採点のベースとし、評価に繋がるのだそうだ。

案内された教室に入ると、既に三人の生徒がいた。

二人は男子生徒で一人が女子。

男子生徒二人は明らかにレオンを無視し、女子生徒もチラリとレオンを見たがすぐに顔を伏せてしまった。

レオンは空いている椅子に座る。

隣にいた男子生徒がチッと舌打ちをした。黒い髪をかきあげ、鋭《するど》い目つきでレオンを睨《にら》む少年は吐き捨てるように言う。

「おい、平民。もっと離れて座れ」

その言葉を聞いて、レオンは彼が貴族家の人間であることに気づく。

同時に意外に思った。貴族についてあまり詳しいわけではなかったが、こういった粗野《そや》な言葉遣いをするとは思っていなかったのだ。

少年の名前はダレン・ロアス。王都に住む貴族の息子である。

「黒板には自由に座れとあるけど、ここはもう誰かが座っているのかい？」

レオンが質問するとダレンはガタンッと大きな音を立てて立ち上がり、レオンの胸ぐらを掴《つか》んだ。

身長はレオンとそんなに変わらないが、眼光のせいか十分威圧感がある。

「平民が貴族様に盾突《たてつ》くんじゃねぇよ」

レオンは自分の胸ぐらを掴む手を払《はら》い除《の》けることもせず、ただ少年を見ていた。どうするのが正解かを考えていたのだ。

魔法学院の規則では平民も貴族もここでだけは関係なく、上下関係はない。当然この少年に反論することはできる。

しかし、一歩学院を出れば身分差は当然あるのだ。ここで買った恨《うら》みを学院の外で晴らされるかもしれない。

レオンが悩んでいると、残っていたもう一人の男子生徒が仲裁した。

「ダレン、その発言は魔法学院では通用しない。それに君の言葉遣いは下劣《げれつ》だ」

レオンよりも少し長い金髪。大きく綺麗《きれい》な色の碧眼《へきがん》。絵画から飛び出してきたのかと思えるほど美形の少年に咎《とが》められ、ダレンは引き下がった。

「君もここではそういったことは考えなくていい。ダレンは学院の外で憂《う》さを晴らすような器の小さい男ではないからね」

レオンは心を読まれたのかと思った。

驚くレオンの表情を見て少年は笑う。

「君は考えていることが顔に出過ぎだな。僕はヒースクリフ・デュエン。ヒースと呼んでくれ」

デュエンと聞いてレオンはさらに驚いた。

世事に疎《うと》いレオンでも知っている。デュエンはこの国の国王の名前だ。


新入生に第二王子がいるという噂《うわさ》はすぐに学院中に広まった。入学式を終え、教室に戻ると既に噂を聞きつけた他クラスの人間や他学年の生徒たちが、第二王子ヒースクリフ・デュエンを一目見ようと集まっていた。

「お前たち、すぐに自分の教室に戻りなさい」

アインツの担任となったグラントが声を張り上げ、集まった生徒たちを散らす。ヒースクリフは困ったように笑いながら集まった生徒たちに手を振っていた。

「大変そうだなー、第二王子様は」

レオンの横で面白くなさげにそう呟く少年はマーク。

赤みがかった茶色い短髪で、貴族家の出身ではなく、平民である。同じ身分だからかレオンとはすぐに仲良くなった。

「学院内では身分は関係ないって言っても王子だからね。しばらくこの人気は続くんじゃないかな。彼、人当たりも良さそうだし」

そう言いつつもレオンはヒースクリフに対し、少し苦手意識を感じていた。

先程のダレンとの一件。表向きには仲裁に入り良くしてくれたように映るのだが、どうにも違和感があったのだ。ヒースクリフと話していても彼はこちらをまるで見ていないような、純粋に見下されているような感覚。

言葉と表情が合っていないとでもいうのだろうか。

「さぁ、アインツの諸君、まずは座りなさい」

ある程度生徒が散ったあとでグラントがアインツの生徒を座らせ、手に持っていた紙の束《たば》をふわりと宙に投げた。すると魔法により紙は一枚ずつ生徒の元へと運ばれていく。

「魔法は生活の一部、か」

その様子を見てレオンは呟く。それは入学式の時に学院長が言っていた言葉だった。

レオンを含め、ここにいる新入生の全員が今までは魔法を使う世界の外にいた。もちろん自分自身は魔法を使えるのだが、外では使えない人間の方が圧倒的に多いからだ。

水を汲み、火を起こす、そういった生活の動作のほとんどを人力でやっている。しかし、学院の中では違う。

寮《りょう》に入って過ごす三年間は、周りにいるのは全て魔法使いなのだ。

水を使いたければ生み出せばいい。火は魔法で灯せ。ないものは生み出し、あるものは活用しろという学院の教えだった。

「さて、配ったのは今後のスケジュールだ。学院内では時間厳守、遅れた者は容赦《ようしゃ》なく置いていくから気をつけろよ」

グラントは今後のスケジュールを説明する。

今日はこのあとすぐ解散し、それぞれ割り当てられた寮で荷解きと明日の準備。明日からは早速授業がある。

「明日の授業ではそれぞれがどれだけ魔法を使えるかを見せてもらう。今日のうちにその準備もしておくこと」

魔法学院では一年次には魔法の基礎を、二年三年では選択した専門分野での教養を得られる。明日行われる魔法の試射は、入学時点での生徒の実力を測るためのものだった。

グラントはその後いくつかの学院内規則を読み上げ（廊下は走るな、魔法による私闘《しとう》は禁止など）、すぐにアインツを解散させた。

「おいレオン、寮に行こうぜ。聞いた話だと寮は出身地ごとに分けられるらしいから、多分俺とお前おんなじところだ」

グラントが教室から出ていくと、マークがレオンの席へやってきた。偶然にも二人の出身地は隣町同士だったのだ。


二人は教室を出て配られた紙に書かれている寮の場所へと向かう。

今度は特に魔法による妨害はなく、紙に書かれた通りに進むと寮があった。

「うわぁ……ぼろぼろだな」

寮を一目見たマークの感想である。

レオンも同じ気持ちだった。夢で見た古い洋館、それよりも遥《はる》かに年季の入った建物が目の前にはあった。

「お化け屋敷だ、きっと」

レオンが呟いた。今にも倒れてしまいそうな学生寮を見て、二人はゴクリと生唾《なまつば》を呑《の》み込んだ。

そして何のためにかはわからないが、覚悟を決めて一歩踏み出した。

「ようこそ、新入生」

扉を開けると、そこには魔法の世界が広がっていた。

「どうなってんだ、これ」

マークが呆気に取られて言った。

外見はボロボロの古い屋敷。しかし、中に入れば貴族の家にも負けないほどの豪華な内装が広がっている。

「外から見た大きさと中の大きさが合ってない。魔法ってことだね」

レオンもそう言って、マークと一緒にその光景に感動していた。

「驚いているようだね、新入生。そんな君たちにもう一度言うけどようこそ、新入生」

驚く二人の前に存在をアピールするかのように立ちはだかる男がいた。二人はわざと無視したわけではないのだが、その一言でようやく我に返った。

「ああ、すみません。魔法に驚いてしまって」

慌てて取《と》り繕《つくろ》うレオンに対し、その男は満足そうに笑った。

「そうだろう、ここの魔法は僕のアイデアなんだ。外見で判断するなっていう皮肉を込めてね」

男はレオンとマークを談話室まで案内し、そこにあるソファに座らせる。

「僕はクエンティン、クエンティン・ウォルス。三年生でこの南寮の監督生《かんとくせい》だ。よろしく」

クエンティンは二人に寮内を案内する。

談話室、食堂、それから各寮生の部屋があった。寮生の部屋は相部屋でマークとレオンはルームメイトだった。

「さて、君たち、荷物を整理したら下の食堂に来るといい。今日は新入生の歓迎会だ。食堂の料理人が張り切ってたから」

そう言い残すとクエンティンは下へおりていく。レオンとマークは部屋に届いていた荷物を一つ一つ確認しながら荷解きを始めた。

「それ、剣かい？」

マークの荷物の中に一本の長剣があるのを見つけ、レオンが聞いた。マークはレオンが指差した剣を手に取ってくるくると回す。

「俺の親父は衛兵で、学院に入ることが決まった時にこの剣をくれたんだ。魔法を学ぶって言ってるのにな」

そう言って笑いながら剣を持つマークは、随分と様《さま》になっていた。

二人は荷物をあらかた片付け終え、二つあるベッドのどちらに寝るかを話し合いで決めてから食堂へと向かった。その頃には日もすっかりと暮れ切って二人ともお腹を空かせていた。食堂が近づくにつれ、いい匂いと馬鹿騒《ばかさわ》ぎする寮生たちの声が聞こえてくる。

「おお、来たね。待ってたよ」

食堂に入ってきたレオンとマークを見て、クエンティンが駆け寄ってくる。

「食事はあそこに、もちろん酒もある。好きなものを飲み、好きなものを食べて交流を深めるといい」

クエンティンの言う通り、食堂には豪華な食事と多くの酒が置いてあった。

レオンとマークはバイキング形式で好きな食事を皿に盛り、あまり詳しくないながらも美味しそうな酒を手に取って席についた。

周囲では既に酒で出来上がっている新入生たちが馬鹿騒ぎをしていた。その様子を見ると彼らが貴族家出身だとは思えないのだが、随分と楽しそうな様子である。

貴族の中には格式高く礼儀作法に厳しい家も多いため、学院に入学する生徒の中にはこの三年間を大いに楽しむ者もいる。

最初は雰囲気に溶け込めなかったレオンとマークだったが、酒が進むとそんなことは関係なくなっていた。どこの誰とも知らない新入生と肩を組み、歌を歌い楽しんだ。そこには貴族と平民の格差など存在せず、ただの新入生しかいなかった。

クエンティンはそれを見て満足そうに微笑む。貴族と平民の格差は魔法学院の中でもよく問題になるのだ。規則で格差をなくすと言っても人の心はそれほど簡単にはいかない。

学院内に四つあるそれぞれの寮では、毎年新入生に対してこういった趣向の歓迎会を行い、貴族と平民の間にある軋轢《あつれき》を少しでも減らそうとしているのだ。

「おやおや、誰かと思えばハートフィリアじゃないか」

レオンが気持ち良く酒を飲んでいるところに一人の新入生が近づいてきた。その顔はレオンも良く知るものだった。

アイルトン・ネバード。レオンの家の近くにある町に住む貴族だ。レオンの父ドミニクを痛めつけたあの貴族の息子である。

彼はレオンよりもさらに酔いが回っているようで既に足取りはふらつき、顔も真っ赤になっていた。

「アイルトン、君も入学してたのか」

レオンの発言にアイルトンの額がピクリと動いた。

「アイルトン様だろ！　この平民が‼」

そして右の拳《こぶし》を振り上げる。しかし、酔っ払っているアイルトンはその拳を振り下ろすことなく尻餅《しりもち》をついてしまった。

「おい、大丈夫かい？　アイルトン」

レオンはアイルトンに手を貸そうと立ち上がるが、彼はその手を振り払う。

「平民が馴《な》れ馴れしくするな!!　この卑《いや》しいハートフィリアめ」

アイルトンはよたよたと立ち上がると両手を合わせた。攻撃魔法を行おうとしているのだ。

その頃には周りで騒いでいた生徒たちも異常に気づき、ざわつき始めている。

親譲《おやゆず》りの短絡さと下劣な性格を持つアイルトンは学院に入学してもなお、レオンのことを見下していた。そのレオンに気安くされたことに腹を立てたのだ。

アイルトンが合わせた手が赤く光り、熱を帯びる。火球を放つ魔法だ。簡単なもので魔法の素質があれば本から学べるレベルの攻撃魔法だった。

酔っているレオンだったが、まだ自衛するだけの頭はあった。

アイルトンが火球を放つよりも早く守りの魔法を構築して、自分と自分の後ろにいる生徒たちを守れるだけの透明な壁を作り出した。

アイルトンの放った火球はレオンめがけて真っ直ぐ飛び、そして消えた。

「あ、あれ？　……なんだ？」

自身の放った魔法が不発に終わり、アイルトンは戸惑う。

アイルトンの魔法が消えた原因がレオンにはわかっていた。魔法を相殺した人物がいるのだ。

レオンはその人物――監督生クエンティン・ウォルスを見た。

クエンティンは少し離れた場所からこちらを見て微笑んでいる。

レオンはまだ使えないが、「相殺」の魔法はものに触れなくても魔法の塊として飛ばすことができるのだ。クエンティンが使ったのはそれだろう。

「ネバード新入生、学内での差別的発言と私闘は厳罰《げんばつ》対象だ。今回は目を瞑《つむ》るが以後気をつけるように」

先程までの和やかなクエンティンの姿はなく、キリッとした厳しい態度でアイルトンに言う。アイルトンもさすがに三年生に反発するほどの度胸はなく、その場でしゅんとして縮こまった。

「さぁ、皆そろそろお開きにしよう。特に一年生、明日は試射の授業だろう。遅刻すると僕が教師陣に怒られてしまうからね」

シーンとした空気の中、いつもの和やかな雰囲気に戻ったクエンティンが言った。

レオンとアイルトンを取り巻くように見ていた新入生たちも、ゾロゾロと食堂を出ていく。

これ以上問題を起こすわけにはいかないレオンも、そそくさと食堂を出ようとしたのだが、クエンティンに呼び止められた。

「ハートフィリア君、先程の魔法は独学かい？」

透明の壁を使った防御魔法のことを聞かれ、レオンは頷く。

レオンの記憶にある本の内容から覚えた魔法だったが、誰かに習ったわけではないので独学と言えよう。

「そうかい、あれは二年生で習う魔法だったから。それに構築するスピードも大したものだった。君ならきっといい成績がとれるよ、がんばりたまえ」

クエンティンはそう言って、食堂の後片付けをしている二、三年生に合流しに行った。

◇

その日の夜、レオンは再び夢を見た。

いつもの洋館で黒い猫の姿をしたモゾと一緒に屋敷内を歩き回る夢。

魔法の本が詰まった部屋を見つけ、その本を読む夢。

しかし、普段と違うのは夢が中々覚めないことだ。

いつもであれば開いた本を全て読む前に目が覚める。それなのにこの日は本を一冊読み終えても夢は終わらなかった。

初めて魔法に関する本を一冊読み終えることができたのだ。

それまでであれば読んだ本の途中までしか思い出すことができず、知識も浅いままだったのが一冊分の情報を手に入れた。

喜びを噛《か》みしめつつ、レオンは別の本を手に取ろうとした。

その時だった。ギイィ……と扉が開く音が聞こえた。反射的にレオンの視線は部屋の扉の方へと向く。しかし、扉は閉まったままで動いた様子はない。

違う部屋の扉が開いたようだ。こんなことは今までにはなかった。

自分以外の誰かがいる？

未知の存在に不気味さを感じながら、レオンは置いてあったランタンを持って立ち上がった。レオンの後ろをモゾがちょろちょろとついてくる。

部屋の扉に手をかけ、そーっと廊下の様子を探る。

暗闇。人の気配はなく、ただ冷たい空気が流れているだけだ。

レオンは足音を立てないように廊下へと出た。

ひんやりとした空気がレオンを包み、息が白くなる。

「おいで、モゾ」

小さい声で呼ぶと、モゾはレオンの肩までよじ登り、彼に頬を擦り寄せる。

廊下を歩きながらレオンは考えた。この屋敷は一体なんなのか。現実の世界にも存在するところなのだろうか、と。

この夢のことをレオンは前世の記憶だと勝手に解釈《かいしゃく》していたが、それならば今ここにいる自分は誰なのだろうか。

廊下はすぐに突き当たりに達した。左右に分かれている。

まるで迷路のようだと思いながらレオンは右側に続く廊下の先を覗き込んだ。暗く、奥までは見えないが窓のようなものがある。

今度は左側を覗き込む。こちらも暗くてよくわからないものの、奥に階段のようなものが見えた。

少し考えてからレオンは右側へ進むことを選んだ。

この屋敷がどんなところにあるのかを知るために、外の景色を見たかったのだ。近づいてみると、窓が白く曇《くも》っていることがわかった。

うっすらと見える外の景色。外は大雪のようだ。

雪のせいで窓の外がどんな風景なのかよくわからない。わかるのはここが極寒の地ということだけ。

ヒタ……ヒタ……と廊下に足音が響いた。それはレオンのものではなく、当然モゾのものでもない。

やはり誰かいる。レオンは確信し、身構えた。

足音はレオンが進む廊下の向こうにある暗闇から聞こえてくる。ランタンを持つ手をできるだけ伸ばして先を照らす。

冷たく湿った足音は、確実に一歩ずつ近づいている。

足音がどんどん近くなって、レオンの目の前で消えた。

辺りを包み込む静寂《せいじゃく》。聞こえるのはレオンの呼吸と心臓の音だけ。

とても寒いのに、レオンは汗をかいていた。

「誰かいるの？」

静寂に耐えきれなくなったレオンが問う。

その問いに答えはなかったが、目の前の暗闇が揺らいだ。闇に溶け込む何かが、目の前にいた。

レオンは闇に目を凝《こ》らしたが、見ようとすればするほどその何かは闇に溶けていく。近づいているのか、動いているのかもわからない。

「キイイイイイイ」

甲高い声、叫びのような音だった。

レオンは思わず耳を塞《ふさ》ぎ、うずくまる。

黒い影がレオンを包み込むように襲ってきた。

そこで目が覚めた。

学院編

Botsuraku shita kizokuke ni hirowareta node
ongaeshide hukkou sasemasu

「これより魔法の試射を行う！　呼ばれた生徒は前に出て、的《まと》に向けて『火球』の魔法を撃つように」

早朝から魔法学院の競技場に響き渡るグラントのその声を、レオンは眠そうに目を擦《こす》りながら聞いていた。

不眠の理由は言うまでもなく昨夜見たあの夢だ。突然現れた不気味な何か。襲いかかってきた黒い影のせいで満足に眠れた感じがしない。

「眠そうだな、レオン」

隣にいるマークはレオンとは真逆でぐっすりと眠れたらしい。

張り切っているのが傍目《はため》からもわかるくらい、胸を張って自信に満ちた表情だ。

「昨日のやつのせいか？　あの野郎、変ないちゃもんつけてきやがって」

黒い影のことを言われたのかと思いドキリとしたが、すぐにそれがアイルトンの話だとわかった。

競技場にはアインツの生徒しかおらず、ここにアイルトンの姿はない。

レオンはアイルトンが昨夜の歓迎会で使った「火球」の魔法のことを思い出した。

威力は低かったが、速度はあった。

魔法で重要なのはその魔法をしっかりと操れているかどうかだが、もちろん威力やスピードも必要である。特に攻撃魔法においてはどれだけコントロールできていたとしても、威力が低ければ意味がなく、速度がなければ当たらない。

そして、その威力と速度を補うには、どれだけその魔法のことをイメージできているかという想像力が必要なのだ。

レオンの前では、グラントに名前を呼ばれた生徒が順番に「火球」の魔法を目の前にある藁人《わらにん》形《ぎょう》でできた的に向けて放っている。

今のところアイルトンの放った火球よりも威力が高く、速度も十分なものばかりだった。

「次、ヒースクリフ・デュエン」

第二王子ヒースクリフが名前を呼ばれ、的の前に立つ。アインツの生徒の空気が変わった。皆、彼の実力がどれほどなのかが気になるらしい。

ヒースクリフは両手を胸の前で交差し、目を瞑る。

そしてその手を裏返し「火球」の魔法を放つ。

ヒースクリフの手から飛び出した魔法は大きかった。大きな火の球が恐るべき速さで的に向かって飛んでいき、ぶつかった。的にぶつかった火の球は轟々《ごうごう》と燃える。

誰からともなく拍手が起きた。

それほどまでにヒースクリフの魔法は立派だったのだ。

「よし。次、レオン・ハートフィリア」

名前を呼ばれ、レオンが前に出る。

「修復」の魔法がかけられているのか、ヒースクリフの魔法で黒焦《くろこ》げになった的はみるみる元の姿に戻った。

レオンは深呼吸を一つして、右手の人差し指を的に向け、親指を立てる。

魔法を発動するのに決められたポーズはないが、レオンのそのポーズは他のどの生徒とも違っていた。

ボンッという音がした。

ただそれだけ。

「不発かよ……ダセェ」

ダレンが吐き捨てるように言い、他の生徒もクスクスと笑い出す。レオンの魔法に気づいたのはグラントとヒースクリフだけだった。

レオンは人差し指から飴玉《あめだま》サイズの「火球」を射出していた。その小さな火の球はものすごい速さで飛んでいき、藁人形を貫き、その後ろにある競技場を囲む塀《へい》までも貫いて消えた。

攻撃魔法に必要なのは威力とスピード。

決して魔法の大きさではない。

レオンは「火球」を小さくすることで空気抵抗を少なくし、速度を上げた。その速度をそのまま威力へと変換して貫通させたのだ。

この高度なコントロールはレオンが積み重ねてきた訓練の成果である。

馬鹿にしたように笑うクラスメイトたちの中、レオンは想像した通りの魔法を放てたことに喜んでいた。


魔法の試射が一通り終わり、少しの休憩を挟《はさ》んでから座学が行われる。

試射の成績は教師によって採点され、全クラスが終わった時点で順位が張り出されるそうだ。

座学は魔法の成り立ちについてだった。

魔法の起源はどこなのか、担当の教師が説明している。レオンにとってその授業はあまり魅力的ではなかった。記憶の中で読んだ本で既に知っていることばかりだったのだ。

退屈が視線を窓の外に向かわせる。

アインツの教室からは競技場が見え、そこでは今まさに他クラスが試射を行っているところだった。ドライの生徒たちだろうか。

その中にはアイルトンの姿もある。

アイルトンはドライだったのかと思いながら眺めていると、一際大きな炎の柱が立った。その生徒の魔法は明らかにヒースクリフのものよりも大きい。レオンはそのことに感心した。

大きさは直接的に威力には関係しないが、威力を増加させようとイメージするとどうしても魔法は大きくなってしまいがちだ。

あの大きさであれば、ヒースクリフの魔法よりも威力が高いということになるだろう。

「ハートフィリアさん、前に来てこの問題を」

不意に名前を呼ばれ、レオンは飛び上がった。

視線を教卓に戻すと、眼鏡をかけた女教師が怖い顔でこちらを睨んでいた。

どうやらレオンが余所見《よそみ》していたことがバレてしまったらしい。仕方なくレオンは教室の前へと歩いていく。

黒板には魔法の起源に関わる問題が三問並んでいた。

レオンはホッと胸を撫で下ろした。どれも本で読んだことのある内容だ。

彼がスラスラと問題を解いていく姿を見て、教師もクラスメイトも驚いている。ただ一人、ダレンだけが憎々《にくにく》しげにレオンを睨んでいた。

授業も終わり、昼休みになった。

生徒たちは寮の食堂で昼食を取ったり、購買で買ったりと思い思いの時間を過ごす。

レオンはマークと共に購買に立ち寄って簡単な昼食を買ったあと、校内にある広場へと向かった。

昼食を食べながら、レオンはマークに炎の小さな塊を浮遊させる方法を教えていた。試射でやったことについて質問されたのでレオンが答えると、その方法を教えてほしいと頼み込んできたのだ。

そのため、レオンはまず魔法をコントロールする方法を教えていた。

少し大きめのサンドイッチを頬張《ほおば》りながら、マークはうんうんと頷いてレオンの話を聞いている。

レオンも初めて友達とする魔法の話が楽しかった。

そんな二人の元に一人の生徒が近づいてくる。

「おいガリ勉、うるせぇぞ」

ダレンだった。

「ガリ勉」が誰を指すのかレオンはすぐにわかった。座学の授業で聞いてもいなかった内容を答えたレオンに対する発言である。

「お前、調子乗り過ぎなんだよ。身のほどを教えてやるからちょっと来いよ」

平和的とは言えないその提案に、レオンは良くない気配を感じた。

「生徒同士の私闘は禁止だよ」

レオンはそう言うが、ダレンは無言で歩き出す。

ここでついていかなければ臆病者《おくびょうもの》として笑われるだろう。

「マーク、先に戻っててくれ」

心配そうにしているマークにそう伝えると、レオンはダレンのあとを追った。広場を出てダレンは真っ直ぐに競技場へと向かう。

さらに競技場を突っ切って、ある建物の中へと入っていった。

建物の入り口に看板が掲げてある。

「闘技場《とうぎじょう》……」

そう書かれた建物にレオンも入った。

「ここは授業でも使われる闘技場だ。魔法使いの決闘のためにある。正式な試合なら私闘には当たらないだろ」

ダレンが連れてきた闘技場は四角く仕切られた決闘のためのスペースと、それを囲むように配置された観客席のある場所だった。

決闘のスペースには白い線が二本引いてあり、ダレンは奥の線の上に立った。

レオンも真似して反対側の白線の上に立つ。二人の距離はおよそ二十メートルほど離れている。

魔法使いの決闘とはこの距離でお互いに魔法を撃ち合い、参ったと言わせた方の勝ちというシンプルなものだった。

「さて、正式な決闘にするなら立会人がいるよなぁ」

ダレンがそう言うのと同時に、彼の後ろにある扉から闘技場に一人の生徒が入ってくる。

ヒースクリフだった。

「悪いね、ハートフィリア君。僕が立会人を務めさせてもらうよ」

不敵に笑うヒースクリフを見てレオンは直感的に理解した。この決闘を仕組んだのが恐らくヒースクリフであるということを。

ヒースクリフに見下されていると感じていたレオンの考えは正しかったのだ。

第二王子ヒースクリフ・デュエンはそこまでできた男ではなかった。貴族社会のトップに君臨する少年は、誰よりもその誇りを持っていた。

そんなヒースクリフにとって、試射での出来事は自分より立場が弱いはずの平民に敗北を感じる耐《た》え難《がた》いことだったのだ。

「さぁ、お互い開始線に立ったね。魔法使いの決闘には、立会人が開始と言うまでは始めてはならないという決まりがある」

嫌な笑みを浮かべたまま、ヒースクリフが語り出す。

レオンの視線は当然ヒースクリフに向いている。

その時だった。

レオンは強い衝撃に襲われた。

体が吹き飛び、一回転して闘技場の地面に転がる。ダレンが魔法を放ったのだ。

「おや？　ハートフィリア、僕はもう開始と言ったんだが？　聞こえなかったかな？」

ふざけた屁理屈《へりくつ》を述べるヒースクリフと無様なレオンを嘲笑《あざわら》うダレン。

なんてくだらない連中なんだとレオンは思った。

魔法学院に身分差があることは知っていた。当然ある程度の差別や非難は覚悟していた。

しかし、レオンが思っていたよりも王侯貴族というのは傲慢《ごうまん》で、滑稽《こっけい》だった。

正式な決闘と言っておきながら、不意打ちで喜ぶような連中。

こんな連中に気を遣っていたなんて馬鹿みたいだ。レオンは学外に出たあとのことを考えるのをやめた。

学院内は貴族も平民もなく唯一対等でいられる場所だというのなら、とことんやってやる。

レオンは立ち上がり、体の前で両の手を組む。

その手を広げて、手のひら同士を強く叩きつけた。

一見するとただの拍手。だが、その拍手の音にレオンは大きな威力を持たせた。轟音が闘技場内に響き渡り、ダレンもヒースクリフも思わず耳を塞いで目を閉じた。

「……テメェ……」

怒りをあらわにするダレンの言葉は、続かなかった。

レオンを睨みつけようと顔を上げたダレンの目に映ったのは、視界いっぱいに広がる炎だった。

炎はまるで意志を持っているかのようにうねり、広がっていく。逃げ場などどこにもない。

ダレンもヒースクリフも一言も発せないまま、目の前の炎を眺めていることしかできなかった。

炎は唸《うな》り、竜の姿へと変わる。

「なんだ……この魔法は」

ヒースクリフはこんなに巨大な魔法など見たこともなかった。

「ありえない、平民が……平民なんかがこんな魔法を使うなんて……」

膝《ひざ》から崩《くず》れ落ちるヒースクリフ。

それはダレンも同じだった。魔法を見ただけで敗北を悟《さと》ったのだ。

炎の中からレオンが姿を見せる。

赤い炎に包まれる白い髪の少年には異様な雰囲気があった。

「悪魔だ……あいつは、悪魔だ」

ヒースクリフの横でダレンがガタガタと震え出す。ヒースクリフは彼を大袈裟《おおげさ》とは思えなかった。

目の前にいるレオンはヒースクリフからしてもやはり悪魔のように見えた。

「伝説の……白い悪魔……ファ・ラエイルか」

ヒースクリフはそう呟き、炎の中に呑み込まれた。

◇

「断じて私闘ではありません。このヒースクリフ・デュエンの名にかけて、これは正式な決闘でした」

マークが呼んだ教師陣に最初にそう言ったのは、他でもないヒースクリフだった。集まった教師たちは一様に面食らったような顔で彼を見る。

レオンの魔法によって焼き尽くされたヒースクリフとダレンは不思議なことに、傷一つ負っていなかった。

レオンが放った魔法「炎龍《えんりゅう》」には相手を傷つけるだけの威力はなかったのだ。大きいだけの脅《おど》しとしての魔法。

それでもヒースクリフは圧倒的な力の差を感じた。

今の自分にはあれほど巨大な魔法を操作する力などないことを知っていたからだ。ヒースクリフはこの時、レオンに対する負い目を感じていた。

自分は貴族社会の中でも頂点に立つ王族だというプライド。その王族がたかが平民に負けるわけがないという驕《おご》り。その両方をレオンはたった一つの魔法で打《う》ち砕《くだ》いていった。

本当ならば今すぐにでも叫び出したい思いだった。しかし、その心のうちを僅かに残った王族としてのプライドが止める。入学してすぐに問題を起こしたと広まれば、それこそ王族としての名折れだからだ。

「デュエン、確かに決闘は魔法使いにとって神聖なものだ。しかしな、君たち一年生には決闘を行う許可すら出ていないのだよ」

呆れたようにグラントが言う。

この戦いが私怨《しえん》によるものだということは教師陣にはお見通しらしい。

「ならば、この決闘を仕組んだ私を罰してください」

なおも引こうとしないヒースクリフに教師陣はたじろいだ。

階級差を利用することの禁止を謳っている魔法学院だが、教師陣のほとんどが貴族階級の出身。表立ってこの国の第二王子を罰する度胸など誰にもないのだ。ただ一人、グラントだけはヒースクリフの目を強く見つめていた。

ヒースクリフの覚悟を見定める目だった。

「あの……そもそもこれは決闘じゃないです」

沈黙を破るようにそう告げたのは他でもないレオンだった。教師陣の視線が一斉にレオンへと向けられる。

「どういうことだ？　説明しなさい、ハートフィリア」

レオンは頷いてグラントに言う。

「これは……ただ覚えた魔法を二人に見てもらったんです。意見を貰いたくて……」

我ながら苦しい嘘《うそ》だった。

もし本当にそうなのであればマークが教師たちを呼ぶ必要などないからだ。

しかし、教師陣の何人かはレオンのこの言葉を受けてホッと胸を撫で下ろしたようだ。

「それならばまぁ……」

「ええ、仕方ないでしょう」

入学してすぐに第二王子を罰したとなっては、外の連中に何を言われるかわかったものではない。

レオンの話を信じることで事をうやむやにしようとしたのだ。

「その言葉に偽《いつわ》りはないな？」

明るいイメージだったグラントの険《けわ》しい表情と低い声にレオンはたじろいだが、何とか頷くことができた。

教師たちはいそいそと逃げるようにその場をあとにし、レオンとダレン、ヒースクリフだけが残った。

「どういうつもりだ、ハートフィリア」

ヒースクリフが険しい顔でレオンを睨む。

くだらないプライドだが、ヒースクリフにとっては王族としての名誉《めいよ》が第一である。彼の心が平民に庇《かば》ってもらったことを許せないのだ。

そこには取ってつけたような笑顔もレオンを見下すような視線もなかった。

「どうということはない。僕にとってはあんなの戦いですらなかった」

項垂《うなだ》れるダレンとヒースクリフを睨み返し、レオンは思いを強く口にする。

「僕は目的があってここにいる。君たちが平民を見下すのは勝手だけど、もし僕の邪魔をするのなら……次は容赦しない」

レオンのその言葉には珍しく怒気がこもっていた。

これ以上学院生活を邪魔されたくなかったために、あえて隠さずに放った言葉だ。

何も言えずにいる二人を尻目《しりめ》にレオンは闘技場を去っていく。

残されたダレンとヒースクリフの間には重たい空気が流れる。

「おい、もうやめようぜ。アイツに関わるの」

そう言ったのはダレンだった。

試射の時にはレオンの実力に気づかなかったダレンだが、面と向かって魔法を味わった今回はレオンの実力が自分とは比べ物にならないほど上なのだと悟っていた。関わってもいいことなどないと理解したのだ。

しかし、ヒースクリフは一言も話さない。レオンの去っていった扉を見つめて、拳を強く握りしめていた。

◇

レオンとダレンの決闘から数日が経つ。

あの日以来、レオンはダレンとヒースクリフに絡まれてはいない。それどころか貴族出身の生徒から話しかけられることすらなかった。

どうやらダレンと戦い、ヒースクリフすらも打ちのめしたという噂が一年生全体に広まってしまったらしい。

さらに悪いことに試射の時の成績が張り出されて、レオンはヒースクリフを抜き一位の成績を取ってしまった。

そのせいでレオンを遠目に見てヒソヒソと陰口を言っている生徒は何人かいるのだが、直接何か言いに来る者はいなかった。

おかげでレオンとマークは完全に孤立してしまっている。

「ごめんねマーク。僕のせいで」

昼食をいつもの広場で食べながらレオンが謝ると、マークは特に気にしていない様子で「どうせ貴族生たちからは下に見られてるんだ。話しかけてこない方が幾分《いくぶん》かマシだよ」と笑っていた。

実際のところレオンにとっても一部の友好な生徒を除いて、貴族生たちは自分たちの邪魔をする存在という認識になっていた。ただ、一つ気になることがある。

「マーク、ファ・ラエイルって悪魔知ってる？」

決闘の日にヒースクリフが呟いたその名前をレオンは聞いていた。あの日以降、陰口を叩く貴族生たちの中からその名前が聞こえてくることもあった。

購買で一番人気のコロッケパンを頬張りながら、マークが不思議そうな顔をする。

「ん？　ファ・ラエイルって創世記《そうせいき》のやつだろ？　村を一つ呑み込んだあの悪魔」

「なんだその物騒な悪魔は……」とレオンは驚いた。

幼少期を自身の記憶の中の本にある魔法の訓練に費やしたレオンは知らないことだったが、創世記に出てくるファ・ラエイルとは、この国に住む人間ならば誰もが一度は耳にする名前だった。

それは子供を叱《しか》る時の言い回しにもなっている。

——悪いことをするとファ・ラエイルが来て呑み込まれるぞ。

貴族、平民関係なく子供の頃は皆こう言われて過ごすのだ。

伝承では、ファ・ラエイルは白髪の悪魔とされていて、最初に魔法を生み出したと言われている。魔法を人間に伝える役目を持っていたのだが、悪いことに魔法を使う人間が現れ、その人間の住む村を丸ごと呑み込んだというのだ。

「そんな化け物だったのか」

レオンは自身の白い髪を触りながら呟いた。

悪魔と言うからいい意味ではないと思ったが、想像よりも悪い。

「気にすんなって、どうせ迷信だろ。それに、ファ・ラエイルは悪い人間の魔法使いを倒すんだからある意味正義の味方だよ」

笑いながらそう言い、マークは残った一欠片《ひとかけら》のパンを口に放り込んだ。

マークが「迷信」と言い放ったように、多くの魔法使いは悪魔の存在を信じていなかった。魔法の歴史を研究する者の中には「悪魔は確かに存在した」と言い張る人もいるが、それでさえ過去形なのだ。

仮にいたとしても存在したのは何百年も前。その痕跡《こんせき》は世界中どこにも残っておらず、信用できる記録が出始めてからおよそ四百年、目撃された情報はない。

レオンが陰で伝説の悪魔の名前で呼ばれていようと、それはただのあだ名。気にする必要は全くない。

頭では理解しているが、レオンにはどうしてもその名前が気になってしまうのだった。

その時、周囲にいた何人かの生徒たちが急にざわざわと話し出す。

レオンもマークもそれが誰のせいなのかはもう知っていた。

他の生徒たちの視線を追うと、その先には短めの青髪の美少女が重そうな本を数冊抱えてスタスタと歩いている。

彼女の名前はルイズ・ネメトリア。

下級貴族の出身でドライの生徒だった。

一年生の中でも群を抜く美しさではあるが、ルイズが目立つ理由は美貌《びぼう》だけではなかった。彼女もまた試射の成績でヒースクリフを抜いたのだ。

成績は学年で二位。レオンの次だった。

「彼女、キレイだけど話しかけづらいよなぁ」

マークがため息をつきながら言う。

「マークはああいう子がタイプなのか」

レオンの言葉にマークは慌てて訂正《ていせい》していたが、レオンの目はそんな彼よりもルイズに向いていた。

その視線に気づいたルイズは一瞬レオンを鋭い目で睨みつけてから、スタスタと歩き去ってしまった。

「まただ」

ここ数日、レオンは気がつけば彼女に睨まれているのだ。

レオンが先に見つけて彼女が気づき睨んでくることもあれば、気がついた時には既に睨まれていることもあった。

その目が貴族生が平民に向ける見下しの視線とは違うような気がしたレオンは、気になっているのである。

◇

新入生のほとんどが学院生活に慣れてきた頃、レオンは寮にある自身の部屋のベッドの上で頭を悩ませていた。

反対側にあるベッドの上にはマークがいて、同じように唸っている。いや、この寮に住む一年生の多くがこの日は悩んでいることだろう。

ことの始まりは本日の最後の授業で教壇に立ったグラントの一言だった。

「新入生である君たちも既にいくつかの魔法が使えるということは、ここ数日で十分にわかった。しかし君たちの誰一人、まだ魔法使いに必要な魔法を覚えていない。そこで私からの課題だ」

そう言ってグラントが黒板に書いた魔法の名前は「飛行」。

グラントの言うように全ての魔法使いが当たり前のように使え、魔法学院入学者が最初に教わる魔法である。

もちろん、その存在自体はレオンを始め多くの新入生が知っていた。

自分に魔法の才能があると知ってから「飛行」を試してみたことのある者も多いだろう。しかし、その誰もが失敗に終わるのだ。

理由は簡単。

未熟な子供が不慮《ふりょ》の事故を起こすことを防ぐため、十五歳の成人を迎え、魔法学院に入学した者以外は飛行魔法が使えないように有数の魔法使いたちが「制限」を設けているからである。

「十五歳に満たない者の空中での魔法を禁止する」という結界が国中に張り巡らされているのだ。

王都を中心に辺境に散った魔法使いたちによってその結界は常に維持されている。

それ故《ゆえ》に、魔法学院に入学するまでこの魔法を使える者はいなかった。

グラントは「飛行」の魔法について口頭で一通り教えたあと、週末にテストをすると言い残して教室を出ていった。

去り際に放った「健闘を祈る」という言葉と、いたずらっ子のようなその笑みの意味をレオンたちが知るのに、そう時間はかからなかった。

授業を終え、いつものように広場に来たレオンとマークは早速「飛行」の練習をする。

グラントに言われた通り体を魔力で包み込み、自身が浮かぶことをイメージする。

それだけで体は驚くほど簡単に浮いた。しかし、簡単だったのはそこまで。

浮いた体は宙で静止し、そこからピクリとも動かなかったのだ。無理に体を動かそうとすればバランスを崩し、逆さまになってしまう。

「だから必要なのはコントロール力なんだって」

「コントロールは確かに大事だけど、それだけじゃ移動はできないよ。何か他に見落としてることがあるんだ」

マークとレオンは広場であれやこれやと「飛行」についての意見を交換し合い、すぐ実践して失敗、また意見を言い合う。

広場には他にも「飛行」を練習している生徒が何人かいて、二人の議論に聞き耳を立てていた。

それでもこの日、自由に空を飛び回れた新入生はいなかったのだ。

「クエンティン先輩。どうかご教示ください!!」

寮に帰ってくるや否やそう言って頭を下げたマークとレオンに、クエンティンは苦笑しつつ拒絶の意を示した。

「ごめん、これは決して意地悪とかではないんだ。『飛行』に関しては上級生は新入生にアドバイスすることを禁じられているんだよ」

申し訳なさそうに言うクエンティンを見て、レオンもマークもがっかりしたように肩を落とした。

「おっと、もうこんな時間か。すまない、僕はこれから監督生たちが集まる会議があるから行かなくては」

クエンティンはワザとらしくそう言うと、一つ大きく伸びをしてから飛んだ。

それはたった今彼が「教えることはできない」と口にしたはずの「飛行」の魔法だった。

彼は寮の窓まで一直線に飛んで、外に出たところで方向を変えて空高く消えていく。

教師たちからアドバイスを禁止されているクエンティンにとって、目の前で魔法を実践してみせることは精一杯の優しさだった。その優しさは二人には十分に伝わったようだ。

「浮くんじゃない、最初から飛ぶんだ」

クエンティンが実演してみせた「飛行」から、レオンはとあるヒントを得た。

それは「飛行」の魔法は自身を「浮かせる」のではなく「飛ばしている」のだということ。

クエンティンの体は浮くという手間を省き、最初から飛び立った。例えるならば弓から放たれた矢のようだったとでも言おうか。

このことから「飛行」に必要なのは自分自身を放つイメージだと推測した。この予測は当たっていて、試しにやってみると簡単に「飛行」の魔法は成功した。

コツは自分が魔法になって飛んでいくようにイメージすることだ。「火球」の魔法のように自分自身を進行方向に放つイメージ。このコツを伝えると、マークも「飛行」の魔法を使うことができた。

しかし、新たな問題が生まれる。

この方法では「飛行」は直線にしか進めないのだ。

曲がることができず、障害物も避けられない。この壁を乗り越えることができずに二人は夜を迎え、ベッドの上で頭を捻っていたのだった。


「……ああ、ダメだ。もう何も思い浮かばねぇ」

夜も更《ふ》けて、そろそろ寝なくては明日の授業に差し支えるという頃、ついにマークが音《ね》を上げた。

その声をきっかけに、レオンも一息つこうと顔を上げる。

「ダメだー、腹減った……なんか食うものないかな」

マークはそう言ってベッドの横にある棚を漁り出す。

その姿を見て思わずレオンは笑ってしまう。

「さっきあんなに食べてたじゃないか」

レオンは夕食時のマークの様子を思い浮かべた。

食堂で出された夕飯をマークは四回もおかわりしたのだ。

体格はレオンよりは肉付きがいいものの、一体どこに食事が消えているのか不思議だった。

「頭使うと腹減るんだよ。腹が減ったらまた食うだろ、普通」

購買で買い置きしていたらしいおかしを見つけたマークが、袋を開けてバリバリと食べながら言った。

そうだね、と笑いながらレオンの頭の中で何かが引っかかった。数秒黙り込むレオン。マークは不思議そうにこちらを見ている。

やがて、何かを悟ったのかレオンはニヤける。

「マーク、君って天才かもしれない」

そう言ってニヤニヤとマークを見るレオンは、マークからすると少し気持ち悪かった。


夜が明け、その日の最初の授業——魔法操作の基礎技能の授業が始まった。

四人一組で円になり、中央に置いた小さなボールを魔力のみで引っ張り合うという遊びのような授業だったが、昨夜遅くまで魔法の訓練をしていたレオンにとってはちょうどよかった。

それは他の生徒も同じようで、皆一様に寝《ね》ぼけ眼《まなこ》であくびを噛み殺しながら授業に取り組んでいる。

ボールを引っ張り合いながら、レオンは目の前にいるクラスメイトたちを観察してみた。皆「飛行」をどれくらい使えるようになったのか気になったのだ。レオンの隣でボールを引っ張ることに四苦八苦しているマークはいいとして、他の二人。ニーナ・レインとオード・マグナガルはどうなのだろうか。

ニーナは入学式の日にレオンよりも先に教室にいた女子生徒で、オードは試射の成績が五番目だった。

二人共貴族出身の生徒だったが真面目な性格で、他の平民出身の生徒と仲良さげに話しているのをレオンは目にしたことがある。貴族生の中では穏健派な二人だろう。

「ハートフィリア君、すごいね。全然ボールが取れないや」

「飛行」の魔法の進捗状況を聞くか迷っていると、先に向こうから声をかけられてしまった。聞いたのはオードでその目は素直な尊敬の眼差しだった。

実際、先程からボールを一番保持しているのはレオンで、他の三人は何とかそれをもぎ取ろうとしている状況だった。

幼い頃から十年以上魔力のコントロールの訓練をしてきたのだ。

魔力操作にはレオンも自信を持っていた。


その日の昼休み。

いつもの広場にはレオンとマークの他に二名、ニーナとオードの姿があった。オードが話しかけたことをきっかけに四人は打ち解け、「飛行」の魔法を一緒に練習しようということになったのだ。

「僕が思いついたのはとっても単純なことなんだ」

三人の前でレオンが自分の考えを語る。

「まず僕たちは一つ一つのことは既にできている。これは間違いないね？」

レオンの言葉に三人は頷く。

ニーナとオードも直線上に真っ直ぐ進むだけの「飛行」は既に習得していた。つまり、四人ができるのはその場で浮かぶこと、そして真っ直ぐに飛んで進むことである。

「この『飛行』の魔法、仕組みはとっても簡単なことだったんだ。簡単だけど、それだけじゃなかった」

レオンは勿体《もったい》ぶったようにそう言うと、ふわりと宙に浮き上がった。次にそのまま上昇し、空中で八の字を描いて飛び、最後に三人の前でピタリと止まった。

「すごい……！」

「一体どうやってるの？　僕なんか何回やってもできなかったのに」

驚いた様子のニーナとオードにレオンはニヤリと笑う。

「お腹が空いたなら、食べればいいいんだ」

レオンの言葉に二人はキョトンとした顔を見せる。つまり、レオンが言いたいのは「真っ直ぐに進む魔法が終わったら、別の魔法をかければいい」ということだった。

先程の「飛行」でレオンは何回かに分けて魔法を使用している。「自分を宙に浮かせる魔法」、「体を上昇させる魔法」、「八の字を描いて回る魔法」、「移動したあと止まる魔法」である。

「つまり、『飛行』というのは一つの魔法じゃなくて、何回も何回も魔法を重ねがけして使うものなんだよ」

「飛行」という単体の言葉のせいで勘違いしがちだが、「複数の魔法を連続して使う」ことこそがグラントが出したこの課題の真の答えだったのだ。これは「飛行」に限らず、いくつもの魔法を応用していくために必要となる技術だった。

得意げな顔で説明するレオンに、二人は感心したように頷いていた。

結局種さえわかってしまえばあとは簡単で、この日のうちに四人全員が「飛行」の魔法をマスターし、週末のテストに合格することができた。

といってもアインツの生徒は皆この「飛行」の仕組みに気づいたようで、全員が成功させた。

テストを終えて教室に戻ると、再びグラントが教壇に立った。

「さて、これで君たちも魔法の多様性に気づいただろう。ここで、各々自分が今使える魔法について考えてみてほしい。まだ、応用をきかせる余地が十分にあるはずだ」

そう語ってからグラントは生徒全員に一枚ずつ紙を配る。

「まだ新入生だからと怠《なま》けている時間はないぞ。魔法外地実習が近い。皆十分注意しておくように」

魔法外地実習――それは魔法学院が誇る生徒の育成プログラムの中で、最も過酷《かこく》だと言われる実習だった。

詳細な日時は伝えられず、突然生徒全員が転移するところから始まる。内容は毎回バラバラで、魔法薬の材料を取ってきたり魔獣《まじゅう》を倒したりと様々である。そしてこの実習の恐ろしいところが、毎年不定期に開催されるため、三年間で合計何回実施するかは学年によって違うということだった。

ただ一つ、入学してすぐの第一回目の外地実習だけは、他のものに比べ難度が低い。

最初は新入生がどれだけ動けるのかを見る、小手調べのための実習なのだ。

とはいえ、一年生にとっては初めての外地実習。レオン含め、アインツの生徒全員が緊張に身をこわばらせた。

◇

「ははは、考えすぎだよ。新入生の実習だよ？　大したことないって。僕らなんかもう事前に実習があることすら教えてもらえないんだから」

そう言って楽しげに笑っているのはクエンティンだ。場所は魔法学院から一番近い王都の町だった。

様々な店がズラリと並ぶ通りを歩きながら、クエンティンがにこやかに話す相手はニーナだった。

寮の監督生とレオンとマークのクラスメイトという異様な組み合わせは、レオンたちが魔法外地実習に向けて何か使えそうなものを調達しようと、町へ出かける計画を立てたことが始まりだった。

週末のテストを乗り越えて、少し外で遊びたいとレオン、マーク、ニーナ、オードの意見が一致したのだ。

しかし学校が休みの今日、午前中から町へ繰り出そうとした四人の前にクエンティンが立ち塞がった。

「こらこら、君たち。『飛行』のテストに合格したのは誰のおかげなのかなぁ？」

ニヤリといたずらっ子のような笑みを浮かべてから、クエンティンは強引にレオンとマークの肩に手をかけて引っ張り寄せる。

「僕も連れてきなさいなぁ」

こうして半《なか》ば強引にメンバーにクエンティンが加わり、初対面のニーナとオードと挨拶を交わして町へとやってきた。その道中――

「私、外地実習が怖いんです。どんなことが起こるかわからないなんて……」

この相談に対してクエンティンが返したのが冒頭の一幕である。

「でも……外地実習では怪我人が出たこともあるって言うし、魔獣の討伐《とうばつ》なんて課題が出たら私何もできないし……」

気弱な性格のニーナはついつい俯《うつむ》きがちになってしまうが、クエンティンは対照的に明るかった。

「一年生のうちに出る課題なんてせいぜい薬草の採取だよ。半日もあれば終わるって。それにもし危険が迫ったとしても、実習は超厳戒態勢だからね。危険に気づく前に先生が問題を片付けてくれるよ」

最初は不安げだったニーナもクエンティンの底抜けの明るさのおかげで少し元気が出たらしく、目的の店に着く頃には笑顔で話していた。

「さぁ、諸君。僕おすすめの魔法具店へようこそ」

入り口の前で大袈裟に腕を広げ、四人を歓迎するクエンティン。

行き先はこの町に一番詳しいという理由から、途中参加のクエンティンが決めていたのだ。

レオンたちが連れてこられた魔法具店は大通りに面したど真ん中にあり、豪華な装飾と店頭に並ぶ煌《きら》びやかな小瓶《こびん》の数々が目を惹く。

その外観に圧倒されながら、レオンが店に入ろうと扉に手をかけた時——

「レオン君、何してるんだい？　お店はこっちだよ」

クエンティンの間の抜けた声が聞こえた。

いつの間に下の名前で呼ばれるほど距離が縮んだのかとレオンが戸惑いながら、クエンティンの指差す方向を見ると、そこには路地裏へと続く細い道があった。ちょうどレオンの間違えた店の裏にあるようだ。

全員で路地へと入っていき、今度は違う意味で圧倒された。

ボロボロの店、外観だけで言えばレオンとマークの寝泊まりしている寮よりも古く見える。吹けば倒れそうとはまさにこのことで、実際にそよ風が吹くたびに店の屋根が揺れ、今にも取れそうである。

「あれだよな？　寮と同じで中はすごいんだよな……？」

マークの希望的観測によるこの言葉は見事に裏切られる。中も酷い。

入り口の扉の上には蜘蛛《くも》が巣を作っていて、床の上は埃《ほこり》で白っぽい。

ただ、店自体は奥に延びた作りのようで外から見た時よりも広く感じる。

「本当にここがお店なんですか……」

「なんか、くしゃみが……」

ニーナの言葉のあと、ハクシュッとオードが大きくくしゃみをする。

平民であるレオンとマークでさえ圧倒される光景なのだ。貴族の二人にとってそこは未知の世界だった。埃っぽい店の中をクエンティンだけは気にもとめない様子で、すいすいと我が物顔で歩いていく。

「僕は店主に挨拶してくるから、君たちはその辺の商品でも見てなよ……ああ、左奥の骸骨《がいこつ》と右側の棚にある赤い腕輪は触っちゃダメだよ。どちらも呪《のろ》いの道具だから」

さらりと怖いことを言ってから、クエンティンは店の奥へと姿を消す。

彼に言われた通り品物を見ようとした四人だったが、その保存状態の悪さに驚く。

魔法薬の入った瓶は割れているし、並べられた本は埃まみれ。杖《つえ》に至っては折れているものすらある。

「おいおいなんだよこの店。まともなものが一つもないぞ」

マークを筆頭にニーナとオードも呆れ顔だ。レオンも現状を酷いとは思うのだが、少し疑問もあった。

「でも、あのクエンティン先輩のお墨付《すみつ》きの店だよ？　何か変じゃないかな」

歓迎会の時、レオンを守ったクエンティンの魔法はとても速く、正確だった。

寮の監督生をしていて後輩の面倒見もよい。

クエンティンが優秀な生徒だというのは明らかだ。

そんな人がわざわざこんな店に連れてくるだろうか。

「何か仕掛けがあるということですね」

レオンの言葉の意味を汲み取ったニーナに、彼は頷く。

学院の寮のように何かしらの魔法がかけられている可能性は高い。それならば、まずは「相殺」を試してみるべきだろう。そう考えたレオンは一番近くにあった割れかけた小瓶に手をかざす。

「『相さ……』」

「馬鹿者がっ!!」

「相殺」の魔法をかけようとしたところで、箒で頭を叩かれ衝撃で床に倒れ込む。

「レオン！」

マークが駆け寄り、レオンに手を貸す。

レオンは頭をさすりながら自分を殴った相手を見る。そこには箒を持った小柄なお婆《ばあ》さんが立っていた。

身長を誤魔化《ごまか》すためなのか、お婆さんの履いている靴《くつ》の底がやけに分厚い。三十センチくらいありそうだ。

変な靴を履いたお婆さんは持っている箒をレオンへと突きつける。

「魔法の薬に『相殺』なんかかけたら水になるじゃろうがい！　アンタじゃ一生かかっても払えない額の損害を出す気かい！」

考えてみれば当然だ。

「相殺」は魔法を打ち消す魔法。あのままかけていたら小瓶に入った薬の効果を打ち消してしまっていただろう。

レオンは素直に謝った。お婆さんは気をつけな、と鼻を鳴らしながら言う。

「まぁまぁリタ婆《ばあ》、魔法に気づいたのは見事だったんだし、許してあげてよ」

そう言って店の奥からクエンティンが顔を出す。

どうやらリタ婆と呼ばれたお婆さんがこの店の店主らしい。リタ婆は箒を一回転させると、持ち手の方で床をトンと叩いた。

すると叩いたところから魔法の波が生まれ、徐々に広がっていく。埃まみれだった床が綺麗になり、割れかけていた小瓶も元通りの状態になった。

「これは……『幻影』ですか？」

オードの質問に、リタ婆は首を横に振る。

「これは『投影《とうえい》』さね。ものの姿だけを変える魔法」

「幻影」とは違い、実態はあるが見た目を変えることができるらしい。

「しかし一体どうしてこのような魔法を？　あの……その、言いづらいのですがアレではお客さんは来なくなってしまうのでは？」

オードは申し訳なさそうにそう理由を尋ねた。その問いにはリタ婆ではなくクエンティンが答える。

「君たちの対応力を試したのさ。外地実習ではこれと似たようなことがよく起こるから、その予行練習ってことで。結果はまぁ、ギリ合格かな」

どうやらクエンティンの企《たくら》みだったらしく、四人は少し呆れつつも目の前の先輩の優しさに感謝した。

「投影」の魔法が解除された店内は打って変わって清潔だった。といっても変わっていたのは品物や床だけで、建物自体の年季はそのままのようだ。

「よく見るとこれ、とても貴重な魔法薬の素材だ……」

「こちらにある魔法具も有名な魔法使いの作品です……」

オードとニーナがそれぞれ手に取った品物を見て絶句する。

クエンティン御用達《ごようたし》というだけあって、やはり相当品揃《しなぞろ》えの良いお店らしい。

レオンは並べられている魔法具を順々に見ながら欲しかったものを見つけた。

「あの……これ」

商品を買おうと振り向いてリタ婆に値段を聞こうとするが、彼女は今クエンティンと値段交渉をしている真っ最中だった。

「これが二百ギル？　ぼったくりすぎだよ、百五十ギルくらいが妥当《だとう》でしょ」

「若造が、生言うんじゃないよ。ビタ一文負けないからね」

クエンティンは赤い薬の入った小瓶を買おうとしているらしく奮闘《ふんとう》している。ハートフィリア家の現在の収入で言えば、二百ギルは約三日分の生活費と同額くらい。

貴族であるクエンティンが値段交渉をしていることを意外に思いながら、レオンはそのやり取りが終わるのを待っていた。

「お買い上げですか？」

不意に背後から声をかけられ、レオンはビクッとする。

「あの、これの値段を聞きたいんですけど……」

他にも店員がいたのかと思いながら後ろを向くレオン。

振り返った先にいたのは意外な人物だった。

意外に思ったのは相手も同じだったらしく、レオンと同じように驚いている。

そこにいたのは試射でレオンに次ぐ二番の成績だったルイズ・ネメトリアだった。

「あなた……」

ルイズは話しかけた相手がレオンであることにまず驚き、その後すぐにキッとレオンを睨んだ。

その態度に戸惑いつつも、レオンは再度手に持った品物の値段を聞いた。すると、ルイズが声を張り上げる。

「アンタなんかに売るものはないわよ！　この卑怯者《ひきょうもの》!!」

突然の怒号、それも女性から強い声を浴びせられ、レオンは呆気に取られてしまう。彼女に卑怯者呼ばわりされる筋合いなどなく、当然心当たりもない。

レオンは手に取った品物を見る。

買おうとしていたのは魔法の粉で、水に溶かしてインクのようにしてから、ものに書いて魔法を込めるのに使う品だ。

魔法具の中では割とありふれていて、貴重なものでもなく高くもないはず。それなのに目の前にいる少女はレオンにこれは売れないと言う。

「おい、どうした」

大声に気づいたマークがレオンの元にやってくる。

近づいてようやくルイズにも気づいたマークは急に落ち着きがなくなる。

「あなた、この人の友達？　気をつけなさい、コイツは卑怯者よ」

マークに向けてルイズが言った。

再び卑怯者と呼ばれた上に今度はコイツ呼ばわり。レオンは少し腹を立てた。

「一体何なのさ。僕、君とは初対面だと思うんだけど」

レオンが言うと、ルイズは再びキッとレオンを睨む。その姿はなかなか迫力があるが、今度はレオンも負けじと睨み返した。

「おいおい、落ち着け二人共。えっと、ネメトリアさん？　ここで何してるの？」

只事《ただごと》でない雰囲気を感じたマークが仲裁に入る。

「バイトよ。こないだからここで雇ってもらってるの。あと、ルイズでいいわ」

マークの問いには普通に答えるルイズ。

「えっと……ルイズさんって貴族家の出身だよね。どうしてバイトを？」

レオンが考えていたのと同じことをマークが聞いた。

平民出身の生徒の中には、学院から補助されない身の回りのものや魔法関連のものを買うためにバイトをする者もいる。

しかし、貴族の生徒がバイトをしてお金を貯めるなんていう話は聞いたことがなかった。皆、大体実家からの仕送りを貰っているのだ。

「……私の家、貧乏なの。お金ないのよ。だから、魔法学院で優秀な成績を取って親を楽させてあげようとしてたのに……」

ここでルイズは再びキッとレオンを睨んだ。本日三度目である。

「コイツは試射の授業でズルをして不正に一位を取ったのよ！」

ルイズの一際大きな声が店内に響き渡った。


ネメトリア家は北方の辺境の領地を任された貴族だった。

ルイズが覚えている最初の記憶は、寒い外の風と冷たい水にさらされて赤くなっている母親の手だ。

寒暖差が激しく、育つ作物の少ないその地域では領民は暮らすのにやっとで、支払える税収が少ない。そのため交易を満足に行えず、改善する余裕もないままネメトリア家はその日その日を暮らしていた。

北方一の貧乏貴族。気づけばそう呼ばれるようになっていた。

それでもルイズは自分の両親が大好きだった。領民に交じって畑で汗を流す父も、贅沢を言わずに家事の一切を自分で行う母もとても格好良く思っていた。

それと同時にいつか自分がこの二人を、そして領民たちを楽にさせてあげるのだとずっと思っていたのだ。

自分に魔法の才能があることは知っていた。

子供の頃に屋敷の中で偶然見つけた本に魔法のことが書いてあったのだ。

その本の通りに練習すると魔法を使うことができた。

魔法をコントロールしたり魔力量を増やしたりする修業もやってきた。全て魔法学院で優秀な成績を取るためだった。

入学してすぐ、ルイズは落胆した。自分のクラスが三番目のドライであるということに。

どれだけ魔法の練習をしても他の生徒も同じくらい練習しているのだ。この学院で優秀な成績を取り続けるのは難しいかもしれない。

さらに、同学年に第二王子ヒースクリフ・デュエンが入学しているという噂も聞いた。

ルイズは思った。もしも、試射の授業でヒースクリフを抜いて一位を取れたなら、きっと私はまだがんばれる、と。

結果として、ルイズはヒースクリフよりも上の成績を取ることができた。

しかし、順位は二番目。一番の座にはレオン・ハートフィリアという男子生徒がついていた。

ルイズは魔法の威力には自信があった。それでもその自分を超える人間がいることに素直に感心した。

ところが、寮で同室だったアインツの生徒からこんな話を聞いたのだ。

「試射の授業でレオン・ハートフィリアの魔法は不発に終わった。この成績はおかしい」

さらに、時を同じくしてレオン・ハートフィリアがクラスメイト二人を決闘で打ちのめしたという噂も耳に入ってきた。

その二人のうちの一人はあのヒースクリフだという。

「レオン・ハートフィリアはクズ野郎だよ。俺も襲われかけたんだ」

レオンと同郷だというクラスメイトのアイルトン・ネバードのこの言葉が決め手だった。

この愚《おろ》か者《もの》は自分自身の愚行《ぐこう》を棚に上げて、レオンが悪者になるようにあることないこと……ほとんどないことをルイズに吹き込んだ。

アイルトンの胡散臭《うさんくさ》さと距離の近さに少しの苦手意識を持ったルイズだったが、その話を疑う理由はなかった。

ルイズの中でレオンのイメージが勝手に出来上がってしまう。レオン・ハートフィリアは何らかの裏工作で不正に一位を取り、それを咎められて生徒を魔法で襲ったのだ、と。

ルイズは妄想力《もうそうりょく》の強い女の子であった。そしてそれと同じくらい正義感が強かった。実力で負けるのあれば潔《いさぎよ》く引き下がれる。単に自分の実力と努力が足りなかったのだと認められる。しかし、不正だけは許せない。

魔法学院に入学する者は皆、一生懸命に学んでいるのだ。ズルをして良い成績を取るなんて人がいていいはずはない。

それ以来、ルイズは自身の勘違いに気づかず、レオンを目の敵《かたき》にしていたのだった。

「本当にごめんなさい」

そう言って深々と頭を下げるルイズの謝罪を、レオンは笑いながら受け入れた。

ルイズのレオンに対する誤解はすぐに解けた。

話を聞いたマークがレオンに試射の時の魔法を再現するように伝え、レオンが実演する。

さすがに何かに向けて放つと危ないので、あの時と同じサイズの火球を八個ほど作り出し、その球を自由自在にコントロールしてみせた。

それだけでも圧倒的な能力の高さはわかる。

平民なのに目立ちすぎだと貴族生から言いがかりをつけられて決闘に至ったこと、そしてアイルトンは同郷ではあるが親しくない上に、襲ってきたのも向こうだということも説明した。

「私、本当にダメだわ……『あなたは思い込みが激しいから気をつけなさい』ってお母さんにも言われてたのに……」

ルイズは店の床に座り込み、わかりやすく落ち込む。レオンはルイズに睨まれていた原因がわかってホッとしていた。

彼女に対して特に不満や恨みが残っているということもない。

むしろ、両親のために魔法学院に入学したと話したルイズに共感する気持ちの方が強かった。

「でも知らなかったわ。平民と貴族って仲悪いのね。私、子供の頃から領民の子たちと一緒に遊んで育ったから」

ルイズにとって平民というのは、単に職種が違うというくらいの認識でしかなかった。

そのため、学院内でも特に平民、貴族を意識しない。

「僕たちも本当は仲良くしたいけどね。もちろん、貴族出身の生徒でもそういうことを気にしない人がいるのは知っているよ」

レオンはニーナとオード、それからクエンティンを見ながら言った。

クエンティンとリタ婆の値段交渉は未だ終わらず、むしろ白熱してしまい、ニーナとオードが仲

裁に入っているところだった。

「えっと、それでその品の値段だったわね。赤と青の粉が十五ギルで、緑色のが二十ギルね」

誤解が解けてようやく店員としての業務に戻ったルイズが、レオンの持っている品の値段を言う。

「緑だけ値段が高いのはどうして？」

レオンが問うと、ルイズは意外そうな顔をする。

「あなた、あんなにすごい魔法を使えるのに『印』の知識はそうでもないのね」

レオンの持っている粉は道具に魔力を込めるインクとなる。

つまり「印」のための魔法具だった。

「読んでた本に『印』については載《の》ってなかったんだ。学院に来る途中で『印』のことを知ったからちょっと試してみたくて」

レオンの言葉にルイズは頷く。

「なるほどね。ちなみに緑色のは『自動回復』とか『修復』とか効果が強い魔法用なの。もっと高い粉もあるけど、初めてなら多分赤で十分だと思うわ」

そう言って、ルイズは並べられた品の中から赤い粉をいくつか見繕ってくれた。同じ色の粉でも品質によって効果の度合いが変わるらしい。

「店によっては純度の違う粉を混ぜた粗悪品を売ってるところもあるから、ここ以外で買う時は気をつけてね」

そう言いながら笑うルイズは威圧感がなく、素直に可愛いと思える少女だった。現に、レオンの少し後ろにいるマークが先程からずっと、ルイズの顔に見惚《みと》れてしまっている。

レオンはルイズが見繕ってくれた粉の中から二つの小瓶を選んで代金を支払う。そして、ようやく価格交渉が終了したクエンティンたちと合流して店をあとにした。

去り際、ルイズがレオンの元に駆け寄ってきた。

「今回のこと、本当にごめんね。お詫《わ》びと言っては何なんだけど、今度私の持ってる本を貸すわ。『印』についても詳しく載ってるからきっと役に立つと思う」

ルイズは再度深く頭を下げてから店内へと戻っていった。

魔法外地実習編

Botsuraku shita kizokuke ni hirowareta node
ongaeshide hukkou sasemasu

その日、レオンは授業を終えて寮での夕食を済ませてから、自室にある机の上で熱心に本を読んでいた。町で買い物をした日から数日が経っている。

レオンの読んでいる本は今日の放課後、ルイズから借りたものだった。赤いカバーの本はレオンが夢で開くものとよく似ていた。

一瞬夢で見た本なのかと思ったが、書かれている内容が違う。

ルイズの本はレオンの知る本の内容も載っているには載っているのだが、情報が少し薄い。その代わりに、レオンの記憶の本にはなかった「印」について細かく記されている。著者の名前はなく、誰が書いたものなのかはわからない。

レオンはその本を参考に早速「印」を試していた。

買ってきた粉を水に溶かし、魔法用のインクにする。

試しにそのインクを使ってただの紙に「浮遊」の魔法を書き込む。

「印」は自身で魔法を使うのとは勝手が違い、決められた呪文を正確に書き記す必要がある。

レオンは本を見ながら一文字ずつ書き記す。全て書き終えると紙がふわりと浮き上がった。成功だ。

レオンはその後も書き記す呪文を変えて、魔法のインクをつけた筆が手に馴染《なじ》むまで「印」を書き続けた。

そして、その作業に満足すると、今度は自分の後ろでベッドに寝転ぶマークの元に向かう。

「マーク、剣を貸してくれないかい？」

紙で「印」を練習していたのは、マークが父から貰ったという剣に魔法を記すためだった。

魔法を学ぶこの学院で剣を持っている生徒はほとんどいない。使い道がないことを知っていながら、マークは毎日欠かさずに剣を磨《みが》いていた。

学院でできた一番の親友にレオンは何かしてあげたくなったのだ。

マークに「印」を付与する許可を貰い剣を預かる。

当然だが、紙に付与する時とは緊張感が違った。

レオンが剣に付与しようとしている魔法は「操作」の魔法だ。これは魔法使いが使う杖に付与されている魔法で、この効果がついた杖を使うと魔法のコントロールがしやすくなる。杖の代わりに剣でも魔法は発動できるので、レオンはこの「印」に決めた。

もちろん杖や剣がなくても魔法は使える。しかし「ハサミを使わなくても紙は切れるが、ハサミの方が切りやすい」のと同じで、道具がある方が魔法の質も上がる。特に杖は使用者を問わず誰もが使いやすい魔法発動の道具として、多くの魔法使いに重用されていた。

木製の棒である杖は安価で入手しやすいという理由から一般的によく使われているのだが、魔法使いの中には剣や本に「操作」を付与して杖の代わりにしている者もいる。

レオンが今回、マークの剣に「操作」を記そうと思ったのは、以前杖の話題が出た時にマークが「俺はこの剣にするぜ。剣なら子供の頃から使い慣れてるし、親父がせっかくくれたものだからな」と言っていたのを覚えていたからだった。

魔法学院では試射やその他の実技テストの多くで杖や剣の使用を禁止されているため、レオンは持っていなかったが、今度行われる魔法外地実習では珍しく使用が許可されている。

レオンの「印」の練習にもなるし、マークも外地実習で使える道具が増えるので断る理由がなかった。

レオンは失敗しないように慎重に文字を書き込む。最後の一文字まで書き切ってからふぅーっと大きく息を吐いた。無事成功したと思う。

もちろん、ちゃんとした魔法具店で付与される「印」のようなものは書けなかったが、マークは喜んでくれた。

「おお、すげぇ。ありがとな、レオン！　杖でもいいんだけど、俺はこっちの方が手に馴染むんだよな」

マークは出来上がった剣を構え、はしゃいでいる。

「僕も『印』についての勉強になったよ……て、もうこんな時間か。気づかなかった」

レオンが時計を見ると、寮の就寝時間まで残り五分もない。

「すごい集中してたもんな」

マークは就寝の準備を一通り終わらせていたようだ。

レオンも急いで用意する。

二人は動きやすい服装の上に学校指定のローブを纏い、肩から鞄を下げた格好で、寝るというよりも今から出かけますといった様子だ。

これには当然理由がある。

外地実習がいつ始まるかわからないため、ここ数日は寝ている間に転移しても大丈夫なようにこういった格好をしている。この備えは見事に役立つことになる。


その日の夜、全ての寮が就寝時間を迎えた時に一年生は一斉に転移した。外地実習が始まったのである。レオンがマークにおやすみを言って、目を閉じた直後だった。

吹きつける風と鳥の鳴き声を感じて目を開く。寮にある自分のベッドの上にいたはずなのだが、レオンが今いるのは森の中だった。

「始まったのか……」

いつ来ても大丈夫なように準備していたわけだが、実際始まってみると不安になる。すぐ隣にいたはずのマークの姿はなく、レオン一人だけだった。どうやら新入生全員が一人になるように転移させられたらしい。

「何をすればいいのかな」

試験の概要も知らされていないため戸惑うレオンの元に、一羽の鳥が飛んできた。くちばしがやけに大きく、赤と青の色鮮やかな体毛を持ったその鳥はレオンの近くの枝に止まると、ピューイと高い声で一回鳴いた。

「ええ……あーあー、一年生諸君、聞こえているかな。外地実習担当のグラントだ」

その鳥は驚くべきことにグラントの声で喋《しゃべ》り出す。

「さて、君たちは初めての実習となるわけだが安心してほしい。今回の課題は簡単なものにしておいた。課題は二つ、白銀蝶《はくぎんちょう》の羽とヒメリヤの花の根っこを一つずつ持ってくること。制限時間は今から二十四時間だ。時間はこの鳥が教えてくれるので活用するように」

それでは健闘を祈る、と言ってから鳥は全く喋らなくなった。

この鳥には生徒の監視の役割もあるのか、レオンが歩くと空を飛んでついてくる。

「残り時間は？」と試しにレオンが聞くと、鳥は再びグラントの声で「残り二十四時間」と無愛想《ぶあいそう》に鳴いた。

実際のグラントは熱血教師でもう少しテンションの高い言い方をするのだが、鳥になると急に低くなる。鳥の方が威厳があるかもしれないと心の中で思いながら、レオンは森を進んだ。森は湿地帯のようで、空気に湿り気がある。

課題の一つの白銀蝶の生息地が湿地帯だったはずなので、レオンはまず白銀蝶から探すことにした。

レオンが知る限りヒメリヤの花は湿地帯には咲かない。もっと寒くて乾燥した岩山に咲く花だったはずだ。そのため白銀蝶を目的にするしかなかった。

しかし、課題となっている以上ヒメリヤの花の根っこも手に入れなければならない。考えられる可能性は二つ。

一つはレオンの知識不足で湿地帯にもヒメリヤの花の群生地がある可能性。もう一つはこの森を抜けると気温が低い乾燥した気候の岩山がある可能性だ。

レオンは後者を考えていた。

自分の知識に絶対の自信があるわけではなく、転移したこの場所が明らかに現実の世界とは違うと考えたからだった。

レオンたちは寝る直前に転移したのだ。当然時刻は夜遅いはず。それなのにここは、辺り一面昼のように明るい。少しだけ襲ってくる睡魔《すいま》と戦いながらレオンは思考を巡らせる。

恐らく「幻影」でも「投影」でもない別の魔法で作られた別次元なのだろう。その手の込みようから教師陣の本気が窺《うかが》える。

そして、教師たちの魔法で作られた世界ならば、異なる気候の場所が隣接して存在していてもおかしくないと考えた。

レオンが今から行わなければいけないことは大きく分けて三つ。白銀蝶の確保、ヒメリヤの花を見つけること、そしてその二つを提出する場所を探すことだ。グラントは獲得した素材を「持ってくること」と言ったのだ。

恐らくどこかに素材を提出する本部のようなものが作られているはず。

自分が何をしなければならないかを整理しながら、レオンは森を進む。当然舗装《ほそう》された道などなく藪《やぶ》をかき分けて進むのだが、地面がぬかるんでいて歩きづらい。少しの移動にも大きな時間と体力を消費してしまう。

「なるほど、魔法は生活の一部だ」

レオンは呟く。周りに誰もいないのに言葉を発しているのは、眠気を誤魔化すためだった。

藪と地面のぬかるみを避けるため、レオンは「飛行」の魔法を使った。しかし、生い茂る木々の枝が邪魔で思うように飛べず、諦《あきら》めた。

そこで考えたのが、足元に透明な壁を用意することだった。使ったのは防御魔法である。

歓迎会でアイルトンに「火球」を放たれた時に構築した魔法の壁を、レオンは足元に張ることにした。

魔法と物質の両方を防ぐその壁は藪を薙ぎ倒して展開され、レオンの足場にもなった。歩くたびに壁を出すのは少し面倒だったが、移動の大変さに比べるとマシだった。

森をかき分けて進んでいくと沼地に行き着く。

水は泥《どろ》で濁《にご》っているが、沼には紫色の花が浮かんでいる。白銀蝶はこの花の蜜《みつ》を餌にしているはずだ。

レオンが沼の周囲を探索すると、白銀蝶は簡単に見つかった。

群れで数多く飛んでいる。

レオンは飛んでいる蝶を捕まえることを忍《しの》びなく思い、力尽きて地面に落ちてしまった蝶たちから羽を集めた。集まったのは合計十六枚。

必要なのは一枚だが、念のため多めに集めた羽をバッグとポケットの二箇所に分けてしまっておくことにした。

蝶自体はまだ沢山飛んでおり、ここの他にも群生地はあるだろうから素材を独り占めしてしまう心配もない。

白銀蝶を手に入れたレオンは再び森を進み出した。今度はヒメリヤの花を探すために森を抜けなければならない。

そう思って真っ直ぐに森を突き進んでいるのだが、中々森は終わらなかった。

試験の開始から既に三時間ほど経っている。つまり現実の時間は深夜だろう。

レオンの眠気も限界に近づいていた。

厳密には今は授業中に含まれるが、寝てはいけないということはないだろう。

開始三時間で課題の半分を終わらせたことを考えれば、少しくらい寝ても余裕はありそうだった。

湿地帯は寝るには不向きだが、レオンは一番太い木の幹《みき》に寄り添うようにして目を閉じる。

疲れからか目を閉じると自然と眠りにつくことができた。

「おい、起きろハートフィリア！　……この馬鹿、死ぬぞ!!」

その声と激しく揺さぶられたことにより、レオンは目を覚ました。

目を開けて数秒、彼は状況が呑み込めない。

目の前にはダレン・ロアス。

ヒースクリフと共にレオンに決闘を挑んできたあの少年がいた。

ダレンは必死な顔でレオンの肩を掴んでいる。最初レオンはダレンが襲いに来たのかと思った。

しかし、頭がスッキリとしてくるとようやくそうではないとわかる。

寝ていたレオンの服がビショビショに濡《ぬ》れていた。その原因は地面に溜まった水だろう。ダレンが起こしてくれなければ、レオンはそのまま溺《おぼ》れていたかもしれない。つまりレオンはダレンに助けられたのだった。

「ありがとう、なんだか疲れて寝ちゃったみたいだ」

レオンは礼を言うが、ダレンはそっぽを向いて鼻で笑う。

「疲れのせいじゃねぇぞ馬鹿。見ろ」

ダレンが顎《あご》で示した場所に目をやると、水の中で青い色をしたトカゲのような生き物が泳いでいた。

「睡竜《すいりゅう》だ。眠くなる粉を空気に混ぜて背中から飛ばす。きっとこれを吸ったんだろう」

レオンが急に眠くなったのは夜だったからではないらしい。睡竜というのはレオンの知らない生き物だった。

茂みをかき分けた時にローブに引っ付き、ずっとついてきていたようだ。

二人は水から離れるため体を浮遊させて木の枝に下りた。

「これも魔法かな？　誰かが水を大量に流したとか？」

眼下に流れる水を見ながらレオンはダレンに話しかけた。

話を振った直後に「また怒るかな？」と身構えたのだが、意外にもダレンはしっかりと返答する。

「あっちの沼、お前も行ったろ。どういう理屈かわかんねぇけど、時間が経つと溢れてくる仕組みになってるみてぇだな」

ダレンが沼地に着いた時、沼は既に溢れかけていた。

紫色の花が水に呑み込まれ始めている。

花が完全に水に浸《つ》かれば、白銀蝶たちが移動してしまうだろう。

急いで白銀蝶の羽を集めたダレンはその最中に睡竜を見つけた。

睡竜に気を取られている間に足元に水が流れ始め、急いで沼を離れたダレンはその途中で偶然寝ているレオンを見つけたのだ。

「本当にありがとう。あのまま寝てたらきっとリタイアだったよ」

レオンは再度ダレンに礼を伝える。

睡竜に眠らされたままでは、水が顔の高さまで来ても気づかなかっただろう。

そうなれば溺れてしまい最悪死ぬかもしれないので、その前に教師陣に回収され、リタイアとなっていたはずだ。

濡れてしまった服を脱ぎ、魔法による熱で乾かしながらレオンはこの先どうするかを考えていた。

魔法外地実習は試験のような内容ではあるが、一人で全てをこなさなければいけないという決まりはない。

当然誰かと協力した方が課題を達成できる確率は上がりそうだが、その誰かがダレンだとどうだろうか。協力を提案しても拒否されてしまう可能性が高い。

「おい、乾かし終わったか？　なら行くぞ。試験終了まであと半日くらいしかねぇ」

レオンが悩んでいると、ダレンから先に声がかかった。

その言葉にレオンは驚きを隠せないが、ダレンは平然としている。

あの決闘の日をきっかけにダレンは少し変わったのだ。一度はレオンと関わることをやめようとしたダレンだが、さらに彼を変えたのは敗北によって刺激された貴族としてのプライドだった。まず、戦わずしてレオンに対し負けを認めた自身の心を恥じた。

そして、平民と侮《あなど》っていたレオンに負けたことで、ものの見方が変わった。

貴族、平民なんていうのは社会が決めた枠《わく》組《ぐ》みでしかなく、魔法使いとして生きていくなら何の力にもならない。今の俺に必要なのは実力だけだ。そう結論づけたダレンにとって、レオンは既に見下していい存在ではなかった。むしろ自分が目指すべき魔法使いの一人となっている。

「おい、行かねえのか？」

だからこそレオンと出会ったなら、協力するのは当然のことでしかなかった。これはレオンにとってもありがたい話だった。

二人は「飛行」の魔法で体を浮かせると、森の木々に気をつけながらゆっくりと場所を移動する。

幸い、沼から大きく距離を取れば水は流れてこないようだ。

ようやく地面に足をつけることができてレオンはホッとした。

時間を確認すると、鳥は「残り十三時間」と告げる。

ダレンの言う通り残り半日くらいしかない。睡竜の眠りの粉は効果が強く、レオンは八時間も寝ていたのだ。

「ダレン、君はヒメリヤの花をもう採った？」

時間を節約するために魔法で藪を切り捨てながら進むダレンのあとを追いつつ、レオンが聞く。

ダレンはその言葉に首を横に振った。

レオンは最初、あの睡眠時間は大幅なタイムロスだと感じたが、ダレンが白銀蝶を見つけたのはレオンが起きる少し前。

ダレンが他の生徒よりも大きく遅れているとは考えづらいので、そこまで大幅なロスにはなっていないのかもしれない、とレオンは考えた。

この予想は当たっていて、この時点で二つの課題を達成した生徒はたった一人だけ。あとはどちらか一つを入手した生徒か、まだどちらも見つけられていない生徒しかいなかった。

レオンが早々に白銀蝶を見つけることができたのは、単に転移した時の位置が群生地から比較的近かったから、そして群生地を見つけるための知識をレオンが持っていたからだった。

「森が終わったな」

目の前に広がる岩山を見てダレンが呟いた。

森を抜けるのに少し苦労したが、レオンの予想通り森の隣には岩山が広がっていた。

きっちりと線を引いたように森と岩山は分かれていて、一歩岩山の方へ踏み出しただけで、身震いするような寒さが襲い、気候が違うのがわかった。明らかに不自然なその光景は魔法によるものだという証明になる。

「確かヒメリヤは岩場の崖《がけ》付近に良く咲くって本に書いてあったよ」

レオンの知識を頼りに二人は岩山を進み始める。

冷たい風が体に応《こた》えるが、ぬかるんだ地面や藪をかき分けて歩くよりも楽だった。木がない分視界も広い。

ちょうど良さそうな崖はすぐに見つけることができた。崖は岩山を真っ二つに区切るように存在していて、五十メートルほど離れたところに対岸が見える。

ヒメリヤの花を探すため、二人はそれぞれ崖に沿って反対方向に進み、一通り見回ったあと、合流した。

「あったか?」

「いや、一輪もなかったよ。そっちは？」

ダレンは首を横に振る。

ヒメリヤは赤く美しい花を咲かせるため岩場では良く目立つはずなのだが、この崖の近くには一輪も咲いていなかった。そもそも咲いていないのか、他の生徒に先に取られてしまったのかはわからない。

仕方がないので、二人は別の崖がないか探すことにした。

岩山を随分と登ってきて頂上が近くなっていたので、レオンが「飛行」で上昇してそれらしい崖がないか上空から確認する。

残念なことに崖は今探した場所しかなかった。

地面に下りたレオンは、上空からでは見えない場所を探してみるか、生える確率が低い岩場をしらみつぶしに探すか、ダレンと相談した。

「レオーン！」

そんな二人の元に一人の女性が駆け寄ってくる。ニーナだった。

ニーナは近くまで来て初めてダレンの存在に気づき、その意外なコンビに少し驚いた顔をしたあとでハッと我に返って話し出した。

「あの、ヒメリヤの花見ませんでしたか？　私、白銀蝶を捕まえてからここに来たんですけど、もう残っていなくて……」

駆け寄ってきたニーナは白い息を吐きながら何とか話し切る。

その様子からだいぶ焦《あせ》っていることが伝わる。

「僕たちも同じなんだ。白銀蝶は見つけたんだけど、ヒメリヤの花はなくて」

他の崖を探すか岩場でヒメリヤを探すか迷っていたことを伝えると、ニーナは岩場を探すのはやめた方がいいと提案した。

「ヒメリヤが崖に咲くのは、崖の断面だけが唯一ヒメリヤが芽を出せる場所だからなんです。もちろん、稀《まれ》に岩場にも咲くことがあるというのは聞いたことがありますけど、残り時間を考えると望みが薄過ぎます」

ニーナは魔法薬の素材にとても詳しいことをレオンは知っていた。

クエンティンに連れていかれた魔法具店でも、魔法薬の材料ばかりを熱心に見ていたのだ。

そのニーナが望みが薄いと言うのなら、岩場を探すのはやめて、他の崖を探した方がいいだろう。

「でも、おかしいです。こんなに大きな崖ならヒメリヤが沢山咲いているはずなのに……」

不思議がるニーナを見てレオンはあることに気づいた。そして、この外地実習の仕組みを理解する。

実習は残り十時間。

素材の提出場所を探すことを考えれば、そろそろ時間に余裕がなくなってきている。

「二人共、戻ろう」

レオンは戸惑う二人の手を引き、登ってきた岩山を下り始める。時間短縮のため、下りながら思いついたことを説明した。

「なるほどな」

「そういうことだったんですね」

レオンの言葉に納得した様子のダレンとニーナ。三人は真っ直ぐ目的地を目指した。

三人は来た道を戻って森と岩山の境界線までやってきた。ついてすぐ、レオンは他の生徒たちを探す。ダレンとニーナも同じように周囲を見渡し、ダレンが三人組の生徒を見つけた。

「おうレオン！　やっと会えたな」

そう声をかけてきたのはマークで、オードとルイズの二人もついてきていた。

マークとオードはニーナと同じようにダレンを見て驚いている。ルイズはダレンが何者なのか知らないようだった。

「おいレオン、何であいつと一緒にいるんだよ」

マークが小声でレオンに話しかけた。レオンは自分が彼に助けられたこと、そしてその後一緒に行動してヒメリヤの花を探したことを説明する。

その話を聞いてマークは意外そうな顔をしたが、レオンが大して気にしていない様子だったので特に何も言わなかった。

「多分、私たち考えていることは同じよね」

ルイズがそう切り出し、集まった六人が頷く。

レオンとダレン、ニーナの三人は白銀蝶の羽を三枚、マーク、オード、ルイズの三人はヒメリヤの花の根っこを三つ差し出した。

レオンが岩山の崖で考えたのは、ヒメリヤの花は既にもう手に入らないという仮説だった。見つけられないのではなく、岩山に花自体が存在しない。

その仮説の根底にあるのが白銀蝶の群生地だった沼である。

あの沼は時間によって溢れ出し、白銀蝶を寄せ付けなくなってしまう。同じような現象がヒメリヤの花にも起こったのではないかと考えたのだ。

何かしらが原因で、ヒメリヤの花が採れない状況になっている。

そう結論づけるとやることは自《おの》ずと見えてくる。それはヒメリヤの花を見つけたが、白銀蝶を見つけられなかった生徒を探すことだ。

時間経過によって素材が取れなくなるという仕組みを教師陣が作り出したのならば、最初の転移先を岩山と森で生徒が半々に分かれるように調整しているはずだ。

そうしなければクリアできる生徒の数がかなり限られ、課題の難度が跳ね上がってしまう。

白銀蝶を探している生徒がヒメリヤの花を二つ以上持っていれば、他の生徒から余った白銀蝶の羽を交換してもらえる。

指定枚数は共に一つずつだが、課題で提出するという目的があるため、保険で複数枚採取している生徒は多いはずだ。

実際、ダレンもニーナも羽を二枚以上持っていた。

ルイズたちも同じように考えていたのだ。

三人は岩山に転移した組だった。視界の開けた岩山で合流することは難しくなく、すぐに協力することに決めた。ヒメリヤの花は簡単に見つけることができたが、崖に根強く咲いていて根っこごと引き抜くのに苦労した。

時間をかけてようやく三人分のヒメリヤの花の根っこを集め、予備にもう一つずつ採取した頃だった。

まだ崖に生えていたヒメリヤの花が突然シワシワに萎《しお》れていき、枯《か》れてしまう。枯れたヒメリヤは力を失くしたのか、ポトリと崖から落ちていってしまった。

もう採取を終えていた三人は特に気にも留めていなかったが、白銀蝶を探しに森へ入り、溢れかえった沼を見て唖然《あぜん》とした。

紫色の花は水に呑み込まれてしまい、その花の蜜を餌とする蝶の姿はどこにもなかった。

ここでルイズが、レオンが考えたのと同じ可能性に気づき、森と岩山の境界線まで引き返してきたのだ。

「最初に見つけたのが皆でよかったよ。知らない生徒だと交渉に時間がかかってしまうかもしれないから」

白銀蝶とヒメリヤの花の根っこを両方手に入れたレオンは、少しホッとした様子で言った。早々にマークたちと合流できたおかげで残り時間には少し余裕ができた。

「さて、素材も集まったし提出しに行かなくちゃね」

ルイズの声に皆は頷く。

六人はひとまず「飛行」で周囲を探索《たんさく》し、それらしい場所がないか探すことにした。

◇

レオンがマークたちと合流し、お互いに素材を交換する少し前、森の中には白銀蝶を探す生徒がまだ何人か残っていた。

そのうちの一人がヒースクリフ・デュエンであった。

取り巻きの生徒二人と共に湿地帯にある沼をいくつか見て回ったが、そのどれもが溢れかえっていて、白銀蝶の姿は一匹もなかった。

「あの、ヒースクリフ様。もう森にいても白銀蝶は手に入らないのでは？」

取り巻きの一人が恐る恐るといった感じで聞く。

「うるさい！　僕がそんなこともわからないとでも思うのか!!」

ヒースクリフの張り上げた声に、その取り巻きは身を縮こませ黙り込む。

彼は焦っていた。

今回こそ、自分が一番でなくてはいけないのだ。

北方に住む貧乏貴族にも、没落して平民に成り下がった者にも負けるわけにはいかない。何せ、自分はこの国の頂点に君臨する王族なのだから。

ヒースクリフが魔法学院での成績に執着するのには理由があった。

もちろん、王族としてのプライドという点もそうだが、魔法学院を一番の成績で卒業することには大きな意味がある。

第二王子であるヒースクリフには、第一王子の兄がいた。

学業の成績は優秀で人望が厚く、貴族たちからの評判も良い。当然、父親である国王からも期待されている兄だった。

そんな兄と幼少期から比べられてきたヒースクリフは、物心ついた時には既に王位を継承することを諦めていた。順当に第一王子である兄がなるだろうと思っていたのだ。

しかし、ヒースクリフが成人した日、彼に転機が訪れる。魔法の適性があると判明したのだ。

その事実にヒースクリフは驚いた。

優秀な兄には魔法の適性だけはなかった。また、国王も魔法は使えなかったため自分にも適性はないのだろうと考え、魔法を使ってみたことすらなかったのだ。

そして、この事実はヒースクリフにとってはチャンスだった。現国王が魔法を使えないことが示している通り、王にとって魔法は絶対に必要なものではない。

しかし、魔法学院を一番の成績で卒業した者ならばどうだ。

周りからの評価も上がり、それに比例して期待値も上がる。ヒースクリフが国王になる可能性が十分に出てくるはずだ。

それまでは諦めるしかなかった王位が、突然手を伸ばせば届きそうなところにやってきた。

その事実が発覚してからヒースクリフは少し変わった。彼の思う王族としての振る舞いを強く心がけるようになり、王族であり、魔法の才能もある自分こそがこの国で最も価値のある人間だと思うようになったのだ。

しかし、その傲慢さを支える魔法の力はレオン・ハートフィリアに簡単に超えられてしまった。

平民に負けるなど許されないと、自分の弱さに目を向けられないヒースクリフ。

誇りだった王族としての立場はいつの間にか、彼の心を縛《しば》りつける鎖《くさり》のようなものに変わってしまっていた。

「ヒースクリフ様、あれを見てください」

取り巻きのうちのもう一人が突然声を上げた。

その言葉にヒースクリフは我に返り、言われた方向を見る。女子生徒が二人、何やら話していた。

「何だあれは……お互いの素材を交換しているのか？　……ズルじゃないか」

見つけたのはツヴァイに在籍する平民生徒たちだった。

彼女たちは森と岩山に別々に転移したあと、試行錯誤《しこうさくご》の末、素材を二つずつ入手し、レオンたちと同じように合流して素材を交換しているところだった。

独りよがりな性格な上に、他人を見下して生きてきたヒースクリフにとって、協力するという行為は自身から一番遠いところにあるものだった。

目の前にいる生徒たちの行動が教師陣の想定する正攻法だと気づくことなく、不正だと決めつけてしまう。

取り巻きの二人はその方法に既に気づいていたが、そんなことを提案すればヒースクリフに何を言われるかわからない。

彼らがヒースクリフについていっているのは単に自分たちが家督《かとく》を継いだ時、王族と懇意《こんい》にするためだった。

ヒースクリフの機嫌を損ねるようなことは安易にはできないのである。

「おい、お前。あいつらから白銀蝶の羽を奪《うば》ってこい」

ヒースクリフは取り巻きの一人を指名して命ずる。

指名された男子生徒はギョッとした顔で硬直した。

生徒を襲って素材を奪うことが協力して素材を入手するよりも悪手なのは明らかだ。

「何だ、嫌なのか？　……じゃあお前が行け」

黙り込む男子生徒を見てヒースクリフはもう一人残った方に同じ命令をする。しかし、もう一人も反応は同じだった。

「チッ……もういい臆病者共め。僕が自分でやる。お前たちはどこかに消えろ」

ヒースクリフは吐き捨てるようにそう言うと、二人の女子生徒がいる方へと歩いていく。

取り巻きたちはガクッと肩を落としたが、内心ではホッとしていた。

ヒースクリフは最近ずっとイライラしており、一緒にいれば特に理由もなく怒り出すことが多々あった。取り巻きの二人もその様子にはうんざりしていたが、将来の自分のためと言い聞かせて我慢していた。

しかし、実際にヒースクリフから見離されると解放感の方が強かったのだ。

ヒースクリフは取り巻きの二人のことなど気にも留めず、女子生徒たちに話しかける。

「やぁ君たち、こんなところで何をしてるんだい？」

近づいてくるヒースクリフに気がついていなかった二人は、突然現れた彼を見て驚く。そして、急に話しかけてきた知らない男子生徒を警戒した。

だが、そのうちの一人が気づく。

「リ、リーちゃん。この人、王子様だよ。ほら、入学式の時話題になってた」

リーちゃんと呼ばれた女子生徒は思い出したように頷く。二人は相手の素性《すじょう》が知れたことで警戒を解いてしまった。

「あの、私たちここで素材を交換していたんです。私たちはどっちも二つ以上持ってるので王子様も足りない素材があったら……」

リーという女子生徒は言い切る前に、ヒースクリフの表情に怒りが滲《にじ》んでいることに気づいた。

「なんて卑劣《ひれつ》なやつらなんだ。君たちみたいなのは魔法学院にいる資格がない」

ヒースクリフは右手を天に向けて上げ、手のひらに魔力を集める。「火球」の魔法だった。

それは、試射の授業の時よりも遥かに大きい。

レオンに負けたあの日から、ヒースクリフは魔法の威力を上げることだけを考えてきた。そして、ヒースクリフの魔法の大きさは、決闘時のレオンの魔法のように見せかけではなかった。試射の授業の時でさえ「修復」のかかった人形を黒焦げにしたのだ。今の威力の魔法を人に向けて放てば、相手がどうなるかなんて容易に想像がつく。

逆上したヒースクリフはそれでもいいと思った。

目の前にいるのはどうせ自分よりも価値の低い人間だ。いなくなったって問題ない。

ヒースクリフはレオンに負けたあの日から既に壊れ始めていた。

平民に負けたという事実。さらにあの時レオンが言った「戦いですらない」という言葉に追い討ちをかけられ、耐え難いほどの屈辱《くつじょく》を感じた。それがヒースクリフの心を蝕《むしば》んでいったのだ。

ヒースクリフは躊躇《ちゅうちょ》せず魔法を放つ。

女子生徒二人は突然向けられたその敵意を前にわけもわからず、動くことができなかった。しかし、二人は火球に呑み込まれることなく無事だった。二人の目の前に透明な壁の防御魔法が張り出されたのである。

「……誰だ？」

ヒースクリフが呟いた。

燃えた炎の煙《けむり》が次第に風に流されて、晴れていく。

女子生徒二人の前にもう一人生徒が立っていた。手を前に突き出し、防御魔法を繰り出しながら、ヒースクリフを睨みつけている。

「君か……一体どういうつもりだい？　僕の邪魔をするなんて」

ヒースクリフの言葉を受けてその生徒の視線がさらに鋭くなる。

「どういうつもりかって？　そんなのこっちが聞きたいわよ。あなたこそ一体何をしているのかしら？」

そこに立っていたのはルイズ・ネメトリアだった。

◇

レオンたちは素材を提出する場所を探すために、「飛行」の魔法で周囲をできるだけ広く探すことにした。

六人で固まるより全員が違う方向を探し、時間を決めて再び合流した方がいいと提案したのはルイズだった。

この提案を採用した彼らは、時間が来たら森と岩山の境界線の地に集合することを決め、別れたのだ。

ルイズは「飛行」と目の前に壁を作る防御魔法を上手く活用しながら、森の中を探索していた。

少しでも変わったところがないか、変化に気をつけていたルイズはヒースクリフの放った「火球」の魔法にいち早く気づいた。

「どういう理由があったら、授業中に他の生徒を襲ってもいいということになるのかしら」

ルイズは第二王子を前にしても引く気は一切なかった。

先程の「火球」の魔法、もしルイズが間に合わなければ後ろにいる二人の女子生徒はただでは済まなかっただろう。

「あなたたち、『飛行』は使える?」

ルイズは防御魔法を展開したまま、後ろにいる二人に聞く。二人は怯《おび》えて涙目だったが、それでも辛うじてコクコクと頷いた。

「そう、それじゃあ悪いんだけど、今すぐ岩山の方へ飛んでいって白い髪のレオンって生徒を呼んできてくれるかしら」

ルイズは二人をここから逃がすために、彼女とは反対方向に探しに行ったレオンのことを伝える。

二人はルイズの言葉を受けてよたよたと後方に下がり、「飛行」を使って飛んでいく。

「……そうか、君は彼と手を組んだのか。没落しかけの貧乏貴族と既に没落した元貴族、お似合いじゃないか」

ヒースクリフはルイズのことを知っていた。

レオンと同じく試射で自分を打ち負かした相手なのだ。

彼の放った嫌味をルイズは聞き流す。

「それで、どうするの？　続けるのかしら？　あなたには勝ち目がないと思うけど」

ルイズの言葉にヒースクリフはさらに激昂《げきこう》する。

「僕がお前に勝てないだと？　辺境の貧乏貴族の分際で……調子に乗るなよ！」

ヒースクリフは自身の前に再び「火球」の魔法を構築し始める。先程よりもさらに威力が高くなるよう魔力とイメージを最大に高める。

しかし、その魔法は撃ち出す前にルイズの「相殺」によって消されてしまう。いつの間にかルイズはヒースクリフの目の前にいた。

「さっきの魔法でも思ったけど、あなた魔法を撃ち出すまでの予備動作が長いのよ。それに、魔法に集中しすぎ。ここまで私に近づかれても気づかなかったでしょ？」

ルイズはヒースクリフに手を突きつける。

この距離では圧倒的にヒースクリフが不利である。

さらに、ルイズならば一秒もかからずにヒースクリフと同程度の威力の魔法を放てるだろう。勝敗は既に決していた。

「ま、待ってくれ。君は勘違いをしているんだ。彼女たちは不正を働いていたんだよ。この大事な実習で」

ヒースクリフは苦《くる》し紛《まぎ》れにそう言った。

負けたことを認めず、少しでもルイズの気を引こうとしたのだ。

「そうだったの。それは知らなかったわ……でも、ごめんね」

ルイズの手が一瞬光ったのをヒースクリフは見た。

そして、その記憶を最後に意識を失い倒れ込んでしまう。ルイズの「催眠《さいみん》」の魔法が発動し、ヒースクリフは眠ってしまったのだ。

「私、もう決めたのよ。『自分の目で見たことしか信じない』って」

戦闘はあっけなく終わった。ルイズはふぅーっと息を吐き、緊張していた体から力を抜く。人に向けて魔法を放つのは初めてだった。人に攻撃魔法を向けられたことも。

慣れない戦闘が無事に終わり、安心したのである。

切羽詰《せっぱつ》まった様子の女子生徒二人に呼ばれ、レオンが森に駆けつけた時には既に全てが終わっていた。

倒れた木を椅子にしてルイズが座っていただけである。

「ルイズ！」

レオンが駆け寄ると、疲れた表情のルイズは彼を見て笑顔になった。

「来てくれたんだ。ありがとう」

レオンは周囲を見渡してヒースクリフを探す。

「彼ならここにいないわ。先生が来て連れていっちゃった」

ルイズによれば、レオンが来るよりも前、ルイズがヒースクリフを眠らせてすぐグラントが姿を現し、彼を担いで消えたのだという。

グラントは攻撃的な魔法なしでヒースクリフを止めたルイズを褒《ほ》めた。

本来ならヒースクリフが「火球」を放ったところで、危険行為としてグラントが仲裁に入るはずだった。

しかし、そこにルイズが現れたためグラントは静観したのだ。ルイズ・ネメトリアという生徒がどのように対処するのかを彼は見たかった。

当然、それ以上危険な状態になればすぐに止められるよう準備はしていたが、ルイズはその状況を上手く切り抜けたのだった。

「彼には精神的な異常があると判断した。よってデュエンはここでリタイアとなる」

グラントはそう言うと、ヒースクリフを担いだまま「飛行」し、空の彼方《かなた》へと消えた。

「すごいね、ルイズ。ヒースクリフに勝っちゃったんだ」

レオンは素直に感心するが、ルイズはその一言に不満げだ。

「何それ、私が負けると思ってたってこと？　心外だわ」

言葉ではそう言うが、ルイズの声色は明るい。

冗談めかして言っているだけだ。

「彼、多分魔法を覚えたてなんだと思うわ。才能だけで魔法を使ってるって感じだったもの」

ヒースクリフは魔法の才に溢れていた。

学んだ魔法はすぐに使えるし、威力だって十分。大抵のものは難なく使いこなせる。

しかし、魔法の適性があるとわかったのは成人したついこの前なのだ。子供の頃から魔法の訓練をしてきたレオンやルイズに比べると技術的に劣《おと》っている。

当然、その差はヒースクリフの努力次第で埋《う》められる。ヒースクリフがそのことに自分で気づき、己の弱さを認めてからの話だが。

「さぁ、変なところで時間を使ったわ。一度戻りましょう」

ルイズとレオンは「飛行」を使い森を抜ける。

最初の頃は邪魔に感じていた木の枝も慣れてきたからか、避けられるようになっていた。

境界線の地まで行くと、既に他の四人が集まっている。

「何か見つかった？」

レオンが全員に聞く。

すると、オードが手を挙げた。

「提出の場所とは違うんだけど……」

皆と別れてからオードは境界線に沿って進んだ。どちらのエリアに転移したとしても平等に目指せるところに提出場所があると考えたからだ。

結果として提出場所を見つけることはできなかった。

「でも、面白い発見をしたんだ。この境界線、真っ直ぐ進むと壁があるんだよ」

オードが発見したのは透明な壁だった。

向こう側は透けており、岩山と森が果てしなく続いているように見えるのにその先には行けない。

壁に沿って飛んでみると、その壁が岩山と森をぐるりと囲むようにして存在しているとわかった。

同じことにマークも気づいていた。

マークはオードとは反対方向に飛んでいたのである。そして同じように壁にぶつかり、それが一帯を囲んでいるのを確認している。

「考えたんだけど、ここは地下かどこかなんじゃないかな」

オードは自身の考えを全員に伝える。

レオンはここを異次元の別空間なのだと考えていたが、オードは違った。

地下空間のような場所に魔法で空を映し出し、気候を操作して二種類のエリアを作っているのではないかと仮説を立てたのだ。

「ほら、クエンティン先輩が僕たちを試した時、店の中がボロボロに見えたでしょ？　あれと似たような魔法だと思うんだ」

オードの言葉には説得力があった。

確かにクエンティンも「見かけに騙《だま》されないこと」とよく言っている。

どんな時にも落ち着いて冷静に思考する。それがオードの強みであった。

◇

残り時間が八時間となった頃、六人は無事に素材の提出を終わらせることができた。

「オード、ルイズ、ありがとう。二人のおかげだよ」

魔法外地実習を終え、レオンは二人に礼を言った。

外地実習の場所が地下なのではないかと言い当てたのはオードだったが、出口を見つけたのはルイズだった。

「今の話を聞いて、一つ思いついたことがあるんだけど」

オードの話を聞いたあと、そう切り出したルイズが語ったのはヒースクリフを連れていったグラントの話だった。

まず彼女がヒースクリフと戦ったと伝えると、自分たちが提出場所を探している間にそんなことがあったとは知りもしなかった四人は驚いていた。

特にダレンはヒースクリフが平民生徒を襲ったという話を聞いて、苦虫を噛み潰したような顔になった。レオンに負けたあの決闘の日以来、ダレンはヒースクリフと言葉を交わしていなかった。もしまだヒースクリフとの交友を続けていれば、間違いなく自分も平民を襲う側にいただろう。

「聞いてほしいのはグラント先生が去っていった方向よ。空の彼方へ消えたのは上に出口があるからじゃないかしら」

ルイズは入学してから魔法外地実習までの流れも踏まえて考えた。新入生がまず最初に「飛行」を覚えるのは魔法外地実習で使用するからではないのか、と思ったのだ。

彼女の言葉を信じて、六人は「飛行」で上空を目指した。すると上空にもやはり透明な壁があり、それ以上進むことはできなくなっていた。

ただ、その見えない天井に一つだけ透明ではない場所があった。

青空の中にポツンとあるその人工物はまるで浮かんでいるように見えたが、近づいてみるとそれが梯子《はしご》であるとわかった。

一人ずつその梯子を登ってみるとその先に素材の提出場所があり、六人は無事に提出を済ませることができたのである。


「ダレン、本当に今回はありがとう。君がいなかったら僕はリタイアだったよ」

オードとルイズに礼を言ったあと、レオンはダレンにも同じように礼を述べた。しかし、ダレンはそれを鼻で笑って立ち去ろうとする。だが、彼は一度立ち止まって口を開いた。

「おい、ハートフィリア。ヒースクリフのことだが……いや何でもねえ」

ダレンは「ヒースクリフを許してやってくれ」と言いかけた。その言葉を呑み込んだのは自分が言うことではないと気づいたからだ。

今回の件で責められるのはヒースクリフのみ。それならば謝罪の言葉もヒースクリフからあって然《しか》るべきである。

ダレンがヒースクリフを庇《かば》うのは、単に元取り巻きだからという理由だけではなかった。

この学院の中でヒースクリフの一番古い友人はダレンであった。

幼い頃から付き合いのある二人は、共に遊ぶことこそなかったが社交界で何度も顔を合わせてきた。そんなダレンから見て、ヒースクリフは学院に入学してから変わったように感じた。

もともと王族としての気品や態度にはうるさく、平民を下に見る男ではあったが、入学して以来、ヒースクリフには何かに対する焦りがあるように思えた。

持ち合わせていた王族としての振る舞いが乱れるほどに、常にイライラとしていて他人への当たりが強くなった。

昔ならば地位を求めてすり寄ってくる取り巻きなど相手にしていなかったのに、今では「僕の言うことが聞けないのならば、お前の家がどうなっても知らないからな」と権力を振りかざすようになったのだ。

その急変に疑問を持ち、ダレンは決闘の日を境に彼の元を離れたのである。

去り際に言いそうになった言葉を呑み込んで立ち去っていくダレンを見つめるレオン。

彼はもうダレンが以前とは違うことを知っている。

ダレンはレオンのことを「平民」と呼ばなくなった。

それが些細《ささい》な変化だとしても見下されるのではなく、対等になったのだという気がしてレオンは嬉しかった。

制限時間が過ぎ、時間内に素材を提出した生徒たちは全員講堂に集められ、実習の成績が発表された。レオンたちは十番目だった。

新入生が六十人いることを考えれば十分上位の成績だ。

驚いたのは一位の成績で実習を終えたアルナード・シウネという生徒のタイム。レオンはこの生徒のことを知らなかったが、彼はツヴァイの所属らしい。アルナードは魔法外地実習が開始してからおよそ六時間で素材を提出したようだ。

その頃はちょうど睡竜の粉のせいでレオンが寝ていた時間だ。

さらに、アルナードは誰とも交換せず、一人で二つの素材を集めた。その知識と採取のスピードにレオンは感心した。

一番を取れなかったことは素直に悔しいが、魔法外地実習はこの先もまだある。それに、他にも試験は沢山あるのだ。

負けず嫌いのルイズもそれはわかっているのか、それとも実習で疲れ果てたのかはわからないが、順位のことを気にしている様子はない。

ともあれ、レオンたち一年生の初めての魔法外地実習はこうして幕を閉じたのである。

◇

「退学はやりすぎかと。まだ入学したばかりですし、学院に慣れていないだけでしょう。一週間の停学程度でいいのでは？」

魔法外地実習が終わった日の夕方、学院の職員室では教師たちによる会議が開かれていた。

実習を担当したグラントをはじめ、一年生を受け持つ教師は当然のこと、二、三年生の担当教師たちも出席している。

議題は実習中に問題行動を起こしたヒースクリフ・デュエンへの処罰についてだった。

「一週間!?　短過ぎますよ。彼は入学して既に二度も問題を起こしているのですよ？　しかも今回は明確な攻撃意思が確認されています。彼にはもっと反省する時間が必要だと考えます」

会議に出席した教師たちの意見は大きく分けて二つ。

ことを荒立てて王族から嫌われたくないために穏便に済ませたい派と、王族だからといってやり過ぎだという派。人数的には穏便派の方が少し多い。

意見の割れた会議は次第に熱を帯びていく。

「あなたは国王に嫌われたくないだけでしょう！　黙っていてください」

「失礼な、君こそ熱くなり過ぎて何もわかっておらん」

話題が逸《そ》れ、関係ない話になってきたが、グラントはそれを黙って聞いていた。グラント自身、どうすればいいのか悩んでいる部分があるのだ。

「皆さん、落ち着きなさい」

グラントと同じように、それまで黙っていた学院長がようやく口を開いた。学院の最高責任者の言葉に議論していた教師たちは静まり、学院長に視線を送る。

「今回の件は学院としても重大な問題です。ここで彼の扱いを間違えれば、それは学院の評判に関わる」

その話を聞いたほとんどの教師が、王族からの圧力や貴族からの風評といった政治的な話をしているのだと思った。

しかし、グラントは違う受け取り方をした。

学院長が権力に屈する人間ではないことを知っていたのだ。

「デュエンの行った危険な行動は到底《とうてい》許されるものではないと考えています。しかし、単に退学処分や長い期間の停学を与えるだけでいいのでしょうか」

グラントはようやく重たい口を開いた。

正直どうすればいいのかという答えは自分の中でもまだ出ていない。それでも考えをまとめながらゆっくりと言葉にしていく。

「私は、処罰とは『生徒に反省を促し、成長の糧《かて》にする』ために与えられるものだと思っています。しかし、今のヒースクリフ・デュエンに退学や停学を命じて、彼はそこから変わるのでしょうか？」

私にはそうは思えないと、グラントは語る。

例えばヒースクリフに一ヶ月の停学を命じたとする。プライドの高いヒースクリフのことだ、その罰則に反感を持ち、さらに精神状態を悪化させてしまうのではないだろうか。

グラントはそう考えているのだ。

「道に迷った生徒一人、正しく導けないで、我々に生徒を教える資格があると思いますか？」

グラントの言葉に教師陣は顔を伏せた。王族を気にして考えを鈍《にぶ》らせた穏便派はもちろん、熱くなり単純に罰を与えようとしただけの教師たちも耳が痛かった。

「デュエンに今必要なのは、精神を回復させる時間と正しく導く指導者だと考えます。そして、それは担任である私の仕事だ。どうか、私に時間をください」

立ち上がって熱弁するグラントの言葉に、学院長は微笑みながら頷いた。

ヒースクリフの精神衛生のため、他の生徒たちには「ヒースクリフ・デュエンは病気によりしばらく休学する」と伝えられることになった。

その期間、ヒースクリフはグラントの預かりとなる。

グラントは彼が己の行動を反省し、前向きに魔法に取り組めるようになることを願うばかりだった。

その日の夜、ヒースクリフの部屋の扉がノックされた。その音で目を覚ましたヒースクリフは怪《け》訝《げん》そうな顔をする。

消灯時間を過ぎてから王族を訪ねるとは不敬な、という思いもあるが、何よりもこんな時間に訪ねてくる相手に心当たりがなかった。

グラントからはとりあえず部屋で謹慎《きんしん》し、早く寝るように伝えられている。わざわざ起こすような真似はしないだろうから彼ではない。他の教師か、それとも取り巻きの生徒だろうか。

ヒースクリフは扉を開けた。

そこに立っていたのはダレン・ロアスだった。

「なんだ、貴様か」

呆れたようにヒースクリフが言う。ヒースクリフにとってダレンはもう仲間ではない。平民と仲良くする裏切り者とさえ思っていた。

「悪いな、こんな夜更けに。今日を逃《のが》すとなかなか会えなくなりそうだからよ」

ダレンはそう言うと、ヒースクリフの部屋の中に入った。

同じ寮でもヒースクリフの部屋は他の生徒と比べて豪華だった。それがヒースクリフの王族としてのプライドを表している。

「用件を述べてさっさと帰れ。いくらなんでも非常識だぞ」

ヒースクリフの変わらない物言いに、ダレンは思わずクスリと笑ってしまうが、肝心の伝えたい言葉はなかなか喉《のど》の奥から出てこなかった。段々とイライラしてきた様子のヒースクリフ。少し時間が空いて、ダレンはようやく口を開いた。

「お前、やめんなよ。ちゃんとこの学校を卒業しろ」

それはダレンがヒースクリフという一人の友人のために絞《しぼ》り出した言葉だった。

魔法外地実習のせいでヒースクリフは退学になるかもしれない。それでも、なんとか食らいついて戻ってきてほしいという願いだった。

しかし、その思いはヒースクリフには届かない。彼は王族である自分が退学になるなど微塵《みじん》も考えてはいないのだ。

「何を馬鹿げたことを言っている。くだらない話をするならもう帰れ」

そう言ってダレンを部屋の外に押し出す。扉を閉める前に吐き捨てるようにヒースクリフは言った。

「古い付き合いだからと大目に見ていたが、今度からは言葉使いに気をつけろ。お前の家など僕の力でどうとでもできるからな」

ダレンにとっては信じられない言葉だった。

幼少時、出会った頃に「僕たちは友達だ。その変な言葉使いはやめてくれ」とダレンの敬語を禁止したのはヒースクリフの方だった。

歳を重ね、お互いが少しずつ変わっていっても言葉使いだけは変わらなかった。

それが二人の友情の証《あかし》だとダレンは思っていた。しかし、今のヒースクリフにはそれさえも伝わらない。

暗い廊下で一人、ダレンは変わってしまった友人と、何もできない自分への悔しさで拳を握りしめていた。

魔法祭準備編

Botsuraku shita kizokuke ni hirowareta node
ongaeshide hukkou sasemasu

初めての魔法外地実習が終わり、一年生たちはほっとした様子だった。

夜間通して行われた実習の代わりに、一年生には一日だけの休日が与えられる。

実習の直後ということもあり、課題なども出されないこの休日は、一日中惰眠《だみん》を貪《むさぼ》ったり趣味に没頭したりと、心身を癒《いや》すのにピッタリの期間だった。

普段は言われずとも早起きをするレオンですらぐっすりとベッドで眠りにつく中、マークはまだ日が昇る前に目が覚めていた。

眠れない理由はわかっている。

魔法外地実習での結果に満足できていないのである。

合格はした。順位に不満があるわけでもない。ただ、心のどこかで自分が自分に問うのだ。「お前、何かしたのか？」と。

もちろん精一杯やった。

自分に足りない知識を補うために走り回り、全力を費やした。

しかし、結果を見れば自分が合格したのはルイズやレオンと合流できたからだという考えが消えない。運が良かっただけなのではないかと思えてならないのだ。ルイズやレオンがそれを責めるような人間でないことはわかっている。

他の皆だってきっと、マーク自身が気づきもしないような良いところを見つけ出して褒めてくれるだろう。

ただ、自分で自分を認められない。

「このままじゃダメだ」

レオンを起こさないようにポツリと呟いたマークは、荷物の中から一本の剣を取り出し、部屋を出ていく。

それは、故郷で衛兵をしている父親がよくやっていたトレーニングだった。毎朝、剣を担いだままの走り込み。その後、剣の型をおさらいして素振《すぶ》りをする。

到底魔法使いが行うようなトレーニングではなかった。

しかし無駄ではない。

魔法使いの中には従軍し、剣と魔法の両方を使って戦う者も実際にいる。そういう者たちは魔法の扱いも上手いが、剣技にも長《た》けているのだ。

マークは魔法の勉強も疎《おろそ》かにするつもりはなかった。しかし、例えば今から猛勉強してレオンの知識量や魔法の技術に敵《かな》うだろうか。答えは否だろう。

マークはとにかく何か突出したものが欲しかった。そこで選んだのが体力と剣技なのだ。

「朝っぱらから暑苦しいな、お前」

走り込みを終え、学院の外にある川原で剣を振るマークにそう声がかかる。マークが顔を上げると、そこにはダレンの姿があった。

「ロアス……」

マークは突然現れたダレンに対し、嫌そうな顔をする。

実習でレオンを助けた話は聞いており、共に行動もしたのだが、まだ完全に許せたわけではないのだ。

「見るからに平民の使う田舎剣術だな」

土手を下りながらダレンが言う。

マークはその言葉にムッとした。

「馬鹿にするつもりなら邪魔だから帰ってくれ」

しかし、マークのその言葉を無視してダレンは目の前までやってくる。彼は腰に差していた剣を抜いた。

「実習の翌日にこんなところで剣を振るってる理由は一つだろ。俺のは貴族の見栄《みえ》だけの型にハマった剣術だが、打ち合う相手がいた方がいいだろうが……お互いに」

恥ずかしそうに言うダレンの言葉を聞いて、マークはニヤリと笑った。

恐らくダレンも自分と同じような理由で、早朝から剣を持って外に出ていたのだと気づいたのだ。

この日から魔法学院から少しだけ離れた川原で、早朝に二本の剣がぶつかり合う音が響くのは日常となっていく。

その音は最初はぎこちなかったが、時が経つにつれ、熟練の兵士たちの稽古《けいこ》と同じような音になっていくのだった。

◇

いつもより遅く目覚めたレオンは、普段は始業ギリギリまで起きないマークが既にベッドにいないことに驚いた。

剣もなくなっていたので、早朝から稽古に出ているのだと気づく。

昨日の今日で殊勝《しゅしょう》なことだと感心しつつ、それならば自分も誘ってくれればいいのにと、少し不《ふ》貞腐《てくさ》れもした。とりあえず、レオンは今日一日をどう過ごすか考える。

せっかくの休みをただ部屋で過ごすというのは勿体ない。マークが戻ってきたら町に買い物にでも出かけようかと思っていると、部屋の扉がノックされる。

「オード、どうしたんだい？」

扉を開けると、そこにはオードの姿があった。王都出身のオードはレオンとは振り分けられた寮が違う。

それなのにわざわざ訪ねてきたということは、何か大事な用でもあるのかとレオンは思った。

「やあ、朝からごめんね。実はシスリーの飼い猫のアルバが逃げてしまったんだ。それで、他寮の生徒にも聞いて回ってるのさ」

シスリーとは誰だったかとレオンは一瞬悩んだが、すぐにそれがオードと同じ寮の女子生徒の名前だったことを思い出す。

貴族生まれの生徒で、クラスは違うが何度か目にしたことがある。

魔法使いの中には動物を使い魔として使役する者がいると授業で習っていた。

その使い魔が消えたとなれば、飼《か》い主《ぬし》は気が気ではないだろう。

しかし、あいにくレオンはまだ目覚めたばかり。

それらしい猫の姿を見ていなければ声も聞いてはいなかった。

「そうか。そうだよね、ありがとう」

オードはそう言うと部屋を出ていこうとした。レオンはそんな彼の後ろ姿に声をかけた。

◇

「ありがとう、レオン。手伝ってくれて」

寮を出るとオードがそう言ってホッと息を吐く。

彼が早朝からレオンの寮を訪ねたのには、猫の目撃情報を聞く以外にも理由があった。

共に猫捜しをしてくれる人を探していたのだ。

朝、困り顔のシスリーに泣きつかれたオードは快く猫捜しを引き受けた。

それからずっと一人で探していたのだ。学院内だけでも敷地はかなり広い。とても一人で探すのは無理なのだが、心優しい彼は他の人に協力を頼むのを躊躇した。

一年生にとって今日は数少ない貴重な休みの日である。そんな日に猫捜しを頼むのは申し訳ないと思ったのだ。

それでも、猫捜しには人手がいる。

そこでオードが考えたのが聞き込みだった。

聞き込みをして猫を捜していることを伝えれば、何人かは手伝ってくれるかもしれない。

休日で手伝いたくないと思った人がいても、それらしい猫を見つければ連絡くらいはくれるだろう。

レオンが名乗り出たのは、オードの様子からそのことをなんとなく察したからだった。

「それで、アルバの行き先に心当たりはあるのかな」

歩きながらオードに尋ねるレオン。

レオンが加わったとしても捜し手はたったの二人。

闇雲に捜しても意味はないだろう。

「うーん、シスリーの話では逃げ出したのは初めてなんだって。アルバは頭のいい猫だし、放っておいてもそのうち戻ってくるかもしれないけど……」

オードの話の途中で、猫の鳴き声がした。

二人の視線はすぐにそちらに向く。しかし、期待した結果にはならずそこでは野良猫が二匹、喧《けん》嘩《か》しているだけだった。

オードの話ではアルバは三毛猫《みけねこ》で、黒と茶色と白のマダラ模様の猫である。

喧嘩をしている二匹の猫とは似ても似つかない。

二匹の猫は相当激しく争っていて、見ていて心配になるほどだった。

「早く見つけないと、野良猫の喧嘩に巻き込まれて怪我をしちゃうかも」

猫の喧嘩を横目に見ながらレオンが告げる。二人は、寮にいる生徒以外にも目撃情報を聞いてみることにした。

学院内を歩き回りながら出会った生徒に聞き込みをしていく。

その途中、門の外から歩いてくるマークとダレンに出会った。

「なんか珍しい組み合わせだね」

マークとダレンを見て、レオンは驚いたように言う。二人の仲がそんなに良かった記憶はない。

魔法外地実習で仲良くなったのだろうかと、レオンは不思議に思った。

「剣の稽古してたら偶然会った……それだけだ」

ダレンが仏頂面《ぶっちょうづら》で言った。その顔を見てレオンは二人が喧嘩でもしていたのではないかと心配になったが、マークが小声で「こいつ、俺に剣で負けたから不貞腐れてんだ」と教えてくれた。

「馬鹿ッ、負けてねぇだろ！　一勝一敗一引き分けだ」

「最後のはほとんど俺の勝ちだろっ！」

話が聞こえたのかダレンが声を荒らげ、それにマークが応戦する。その様子を見てレオンは自分の心配が杞憂《きゆう》だったと気づく。二人共、口では争っているが、どことなく楽しそうだったのだ。

「それで、そっちは何フラフラしてんだ？」

ダレンとの言い合いが一段落して、マークが二人に尋ねる。

オードはことの次第を説明した。

すると、ダレンが不思議そうな顔をする。

「その猫、授業中によく窓の外の木に登ってるのを見るぞ。逃げ出すのは本当に初めてか?」

ダレンのその言葉を聞いて、オードもレオンも驚いた。飼い主のシスリーの話では確かに逃げ出すのは初めてのはず。

「ていうか、その飼い主の女、授業中はその猫どうしてんだよ」

ダレンの指摘はもっともだった。生徒は使い魔を部屋で飼うことを許可されている。しかし、特定の授業を除き、座学などの多くの授業で連れ込みは禁止されている。

オードとレオンは顔を見合わせた。もしかすると、シスリーが気づいていないだけで今までも授業中は抜け出していたのではないか。

「ありがとう、その木を探してみる」

「飯食ってからでいいなら俺たちも手伝うよ」

礼を言ったレオンにマークが提案する。朝の鍛錬《たんれん》を終えたばかりで空腹には勝てなかったが、そのあとで手伝う分にはマークは一向に構わなかった。

「おい、何で俺も巻き込んでんだよ」

嫌そうな顔をするダレンに対し、マークが肩を組む。

「いいだろ、別に。お前もどうせ暇だろ?」

図星だった。

マークの言う通りダレンもこのあと特に予定があるわけではない。しかし、レオンたちと馴れ合ってしまっていいものかと迷っている。

「本当に？　ありがとう！　助かるよ」

まだ迷っていたダレンの手をレオンが握りしめ、キラキラと顔を輝かせて言う。

レオンにはそんなつもりはなかったが、ダレンの目にはレオンが自分にとても期待しているように映った。断れる雰囲気ではない。

「はぁ……わかったよ。飯食ってからな」

諦めたようにそう言うと、ダレンは自分の寮の食堂へと向かっていく。

「よし、じゃあ俺もさっさと飯食ってくるよ」

そう言ってマークも寮に駆《か》けていく。

レオンとオードは二人を見送ったあと、教室棟の方へ足を向けた。

◇

ダレンの指摘を受け、レオンとオードは授業を受ける教室のある棟まで移動した。

ちょうど、アインツの教室から見渡せる辺りである。

草木が生い茂り、背の高い木が何本かある。

「いないみたいだね」

周りを見渡して猫がいないことを確認したオードが息を吐く。いなくてガッカリ……といった感じだ。

「とにかく、もう少し周りを見てみようよ」

レオンの提案で二人は校舎付近を捜してみることにした。

アインツの教室の前からぐるりと校舎の外側を回り、木や建物の軒下《のきした》などを捜してみるがアルバの姿はない。

「いないね。一度シスリーに状況を聞きに戻ってみる？　……お腹も減ったし」

オードが提案した。いつの間にか日は高くなってきている。

先程のマークたちとの話で思い出したが、レオンもオードも朝食を食べていなかった。

オードは早朝にシスリーに猫捜しを頼まれ、レオンも起きてすぐにオードが来たため、何も食べずに出てきたのだ。

ダレンやマークと違い、鍛錬で汗を流したわけでもない二人は「一食分くらいいいいか」と特に気にしていなかった。

しかし、昼が近づくにつれてやはり空腹は訪れるものである。

飼い主のシスリーはアルバがいつ戻ってきてもわかるように、寮の近くを探している。早めの昼食がてら、シスリーに何か心当たりがないかもう一度聞いてみようというのが、オードの提案だった。

二人が寮へ向かおうとすると、そこにダレンが姿を現した。手には何か手提《てさ》げ袋《ぶくろ》のようなものを持っている。

「ダレン、本当に来てくれたんだ。ありがとう」

レオンが駆け寄ると、ダレンは思わず顔を背ける。面と向かって礼を言われたのがなんとなく気恥ずかしかったのだ。

照れ隠しで仏頂面になったダレンが持っていた手提げ袋を二人に押し付ける。

「ほら、昼飯……食堂で作ってもらったから……食え」

普段のダレンからは想像もできないくらいに声を詰まらせながら言う。レオンが袋を開けると、中には二人分の昼食が入っていた。

「え……ありがとう」

意外過ぎてレオンは一瞬戸惑ったが、すぐに礼を言った。

ダレンは体中に虫が這い回るような、全身むず痒《がゆ》い感覚に襲われる。

「簡単に礼とか言わなくていいんだよ。ていうか、飯も食わずに他人の猫捜しとかどんだけお人好しなんだ、お前ら」

素直な感謝に耐性のないダレンは恥ずかしさのあまり、思わず声を荒らげる。

二人は昼食を受け取り、もう一度ダレンに礼を言ったあとでその場に座って食べ始めた。

「飼い主の女に聞いてきたぞ。猫はまだ戻ってきてねぇ」

昼食を食べる二人の横で、腕組みをして木に寄りかかっていたダレンが告げた。

食べながら話を聞いていた二人は目を丸くして驚いた。まさか、ダレンが情報収集までしてくれているとは思わなかったのだ。

「何の目だそれは……それと、いなくなったのはそのアルバって猫だけじゃないらしい」

二人の視線に戸惑いつつもダレンは話を続ける。彼によれば、シスリーの他にも使い魔がいなくなったと慌てている生徒が何人かいるらしい。

「その辺でやたら気性の荒くなった野良猫も見かけた……ただ逃げ出しただけじゃねぇかもな」

ダレンの話を聞いてレオンは先程見かけた、喧嘩する二匹の猫のことを思い出していた。

その時は不思議に思わなかったが、よく考えるとおかしいのだ。

今まで学院の中で野良猫を見たことなどなかった。

もちろん、王都はとても広い町だ。

それだけ広ければ野良猫はいくらでもいるだろう。

しかし、それまで全く学院内では見かけなかったのに、今日になって急に見かけるようになったのは何故か。それも、ダレンの話では相当数の野良猫がいるのだ。

「様子がおかしい。何かあるのかも」

レオンは学院内でいつもとは違う何かが起きているのではないかと予想した。

ダレンの持ってきた昼食を食べ終えた頃、マークが合流した。

それまでの話を伝えると、マークはある提案をする。

「考えたんだけど、魔法で捜せねぇかな」

ここは魔法学院だ。魔法使いが集まっているのだから、闇雲に捜すよりも魔法で何か手掛かりを追った方がいいという考えだった。

「でも、僕そういう魔法は知らないや」

マークの提案を受けて、レオンは今まで勉強した思いつく限りの魔法を思い浮かべてみたが、いなくなったペットを捜す魔法に心当たりはない。

それは他の三人も同じだった。

一年生の中ではレオンは魔法に最も詳しい生徒の一人だろう。

そのレオンが知らないとなれば、頼れるのはレオンよりも博識な上級生くらいのものだ。

「でも二、三年生は今は授業中だよ？　あまり迷惑はかけたくないし、手伝ってもらえても放課後だ」

オードが言った。

しかし、マークが首を横に振った。

「おいおい、レオンくらい頼れる魔法知識の持ち主が一年生にもう一人いるだろ」

何故か自信満々のマークの発言を聞いて、レオンもオードも同じ一人の女子生徒を頭に思い浮かべた。

その生徒の居場所なら大体見当がつく。

四人はその場を離れ、図書室へと向かうのだった。


四人のいた教室棟の外から図書室まではそう遠くない。一度教室棟に入り、そこから広間へ出て隣の棟へ移動する。

そして階段を上れば、そこが図書室である。

図書室には生徒用に魔法の使用方法が書かれた魔導書や「印」の基礎知識の本などが置かれている他、授業で使用する参考書や一般図書などもある。

いつもは勉強熱心な生徒や課題に追われる上級生が何人かいるのだが、一年生以外は授業中なので今は閑散《かんさん》としていた。

静まり返った部屋の奥、窓際の椅子に座って本を読む生徒がいる。

レオンたちの探し人だった。

「ルイズ、読書中にごめん」

レオンが声をかけると、ルイズは読んでいた本を閉じて顔を上げる。

きつい視線がキッとレオンたちの方へ向けられたが、相手がわかると急に優しい目に変わった。

「なんだレオンたちか……またアイツかと思ったわ」

「アイツ？」

不思議そうな顔をするレオンに、ルイズが首を横に振る。

「いいの、こっちの話……それで、皆してどうしたの？」

そう尋ねたルイズに、代表してレオンがことの次第を伝える。

すると、ルイズは少し悩む表情を見せてから何か思いついたように立ち上がると、書棚の奥へ消える。

そして、古めかしい一冊の本を持って戻ってきた。

「確かここに……あった」

本を開き、あるページを指差すルイズ。レオンたちは身を乗り出して本を覗き込んだ。

そこには「失くしものを捜す魔法」が載っている。

「これ、昔からある生活魔法よ。魔法使いが自分のものを捜すのに使っていた魔法」

本にはその魔法の詳細がこと細かく載っている。

一通り本の内容を読んでからオードが首を傾げる。

「でもこれ、あらかじめ自分のものに魔力が残っていないとダメなんだよね」

本にはその魔法の特徴として、「ものに残った自分の魔力を辿る」と書かれている。

魔法使いが普段から使っているものには、無意識のうちに持ち主の魔力が微量ながら宿るらしい。

ものを失くした時にはその魔力を追って捜すのだという。

「捜してるのは生き物だよ？　ものみたいに魔力が定着するとは思えないけど」

オードの疑問はもっともである。

通常、人間や魔獣以外の生物は魔力を持たない。長年連れ添っていたとしても、ものと同じように持ち主の魔力が宿るというのは考えづらかった。

ルイズもそれはよくわかっている。しかし、今回捜しているのは「使い魔」なのだ。

「それに使い魔って昔の話だろ？　今ではただのペットと変わらないって聞いたけど」

マークは授業で習ったことを思い出しながら言う。その授業のことはレオンも覚えていた。

魔法生物の基礎を学ぶ授業で担当の教師が説明していたのだ。

魔法使いと使い魔の間には特別な絆《きずな》があり、昔の魔法使いは使い魔に自分の魔力を与え、使い魔は貰った魔力を力に変換して主人のために戦うことができた。

しかし、それは数百年前までの話。

時が経つにつれて使い魔は力を失くしていき、今では「使い魔」という名前だけで、普通のペットと何ら変わりない存在になってしまったらしい。

「生き物の魔力を辿れないならその魔法じゃ無理だろ」

話を聞いていたダレンも割って入るが、ルイズが呆れたようにため息をつく。

「あなたたち、それでもアインツの生徒なの？　力こそ失っていても契約した使い魔はちゃんと魔力を持ってるのよ」

レオンたちが授業で教わったように、今の使い魔は一般人が飼うペットとほとんど違いがないように思われがちだ。

だが、実際は僅かながらペットと違う特徴を持っている。

使い魔に選ばれるのは猫や烏《からす》、梟《ふくろう》といった知能の高い動物。

それらの動物は魔法使いと契約を結び、主人が死ぬその時まで忠誠を尽くすのだ。

契約の際には必ず魔法使いから魔力を注がれる。そうすることで、特別な絆を作り上げることができる。

「つまり、アルバの中には絶対にシスリーの魔力があるのか」

ルイズの説明で納得したレオンは本を熟読して、魔法の使い方を覚える。

本によれば、失くしものの持ち主が自ら呪文を唱えなければいけないらしい。

「オードたちの寮に行ってシスリーにこの魔法を使ってもらおう」

レオンはルイズに礼を言うと、図書室を出ていこうとした。

しかし、彼女が呼び止める。

「私も一緒に行くわ。その魔法、ちょっと興味あるし」

「え、でも勉強してたんじゃ……いいの？」

レオンが聞くとルイズは読んでいた本を書棚に戻し、こちらにやってくる。

ルイズがよく図書室で勉強しているのはレオンたちの中では有名な話だ。そして、そういう時は彼女の邪魔をしないように配慮している。

「いいわ。今日はなんだか朝から色んな人が訪ねてくるし、ゆっくりできないみたいだから……それに、せっかくの休みを勉強だけで過ごすのも勿体ないしね」

ルイズはそう言うと少しだけ頬を赤らめた。理屈っぽく言い訳をしているが、実際は一生懸命に猫捜しをするレオンたちが楽しそうに見えたのだ。

ルイズを加えて五人になったレオンたちは、オードの寮がある方へと向かう。

ダレンの言っていた通り、学院内には野良猫が集まっているようで、至るところで興奮した様子の猫を見かけた。

「本当に只事じゃないみたいね」

ルイズが言った。

学院内のいつもと違う雰囲気に気づいたらしい。

「でも、何で急に猫が集まってきたんだ？　誰かが集めたのか？」

「猫だけを集める魔法なんて聞いたことないよ。気象の変化とかでたまたまそうなってるのかも」

マークとオードの会話を聞きながら、レオンも考え込んでいた。

学院内に集まる猫の様子から、これは自然現象ではない気がする。しかし、仮に誰かが猫を集めているとしても、その目的がさっぱりわからないのである。

「おい、いたぞ」

先頭を歩いていたダレンが指差した先には女子生徒が一人、茂みの中に頭を突っ込んでいた。

「シスリー、力を貸して」

オードがそう言うと、その女子生徒は頭を茂みから抜き出す。

小柄な女子生徒で、年齢は自分たちと同じはずなのにレオンにはもっと幼く見えた。

それは、彼女が今にも泣き出しそうなほどに目を潤ませていたからかもしれない。

「オード……アルバが、アルバがいないよぉ」

シスリーはそう言うと、オードに抱きついて泣き始めた。

「おい、ガキすぎねぇか……」

その様子を見てダレンが思わず呟く。彼女と話すのは初めてではないが、普段は小柄ながらに凛《りん》とした印象を持つ女子生徒だった。

そのあまりの変わりようにダレンは驚いたのだ。

「仕方ないよ。シスリーにとって、アルバは生まれた時からずっと側にいる姉妹みたいな存在だからね」

シスリーをなだめながらオードが言う。

レオンはシスリーが落ち着くのを待ってから、失くしものを見つける魔法について説明した。

古めかしい本に載ってはいるが、生活魔法。

それほど難しいものではない。

泣きやんだシスリーは本に書かれている呪文を唱え始めた。

「うわ……すごい。何これ」

シスリーは思わず驚いた。彼女の右の小指から青く光る線が出てきたのだ。

それは真っ直ぐに延びていき、寮の横にある寮生用の倉庫の中に入っていく。

「どうやらその線の先にアルバがいるみたいね」

ルイズが魔法書を読みながら言うと、ダレンが呆れたように笑った。

「何だよ、すぐ近くにいるんじゃねぇか……」

倉庫とオードたちの寮は隣接している。レオンたちが教室棟の方まで探しに行く必要などなく、アルバはずっと近くにいたのだ。

「でも……私ずっとここで名前を呼んでたのに」

シスリーは寮の近くを探していた。

アルバの名前も何度も呼んでいる。

いつもであればアルバは呼べばすぐに来るのだ。

「お昼寝中かもしれないね」

オードがシスリーの肩に手を置いて言った。

「とにかく行ってみよう」

レオンの言葉を合図に、六人は倉庫へと向かった。

シスリーの指から延びる青い光の線は倉庫の扉の中へと入っていく。両開きの大きな扉だ。

マークとダレンがそれぞれ扉に手をかけて、同時に開いた。

「うわ……何だこれ」

「やべぇ……」

扉を開いた二人の動きが止まる。

レオンたちは二人の肩越しに中を覗き、ギョッとした。

「猫が沢山……」

レオンの視線の先には倉庫内にいっぱいになった野良猫たちがいた。

倉庫の棚や置物の上に載っかり、にゃあにゃあと鳴いている。

そして、その奥には猫が群がり、大きな山のようになっていた。

「アルバ！」

シスリーが呼びかけるとその山の中から三毛猫が一匹飛び出して、シスリーの元に駆け寄ってくる。

「ああ、よかった……よかったよ、アルバ……」

シスリーはアルバを抱きしめて涙を流している。

レオンはその様子を見てホッとしたが、安心していい状況ではない。

「何でこんなに猫が……」

あまりの光景に圧倒されたように、ルイズが呟いた。

「やべぇ、やべぇよ……猫だ」

そう口にしたダレンは、レオンたちの想像もつかないような行動に出る。目の前にある猫の山の中に飛び込んだのだ。その飛び込みは猫に怪我をさせないように最大限の注意が払われていた。

ダレンは猫に囲まれながら幸せそうにしている。

「……アイツ、猫好きだったんだなぁ」

普段では考えられないダレンの恍惚《こうこつ》とした表情に若干引きながら、マークが言う。

「もう……誰ですか、騒がしいなぁ」

突然そんな声がした。聞こえたのは猫の山の中からだ。

レオンたちが声がした方を見ると、猫の山がモゾモゾと動き、そこからニーナが顔を出した。

「あれ、オード……それにレオンたちも……どうしたんですか？」

いきなり姿を現した級友を前に、レオンたちは呆気に取られてしまう。

ニーナは猫を一匹ずつ床に下ろし、猫山の中から這い出してくると、不思議そうな顔でレオンたちを見つめるのだった。

◇

「本当にごめんなさい」

ニーナが深々と頭を下げてシスリーに謝る。

無事にアルバと再会したシスリーはニーナの謝罪を受け入れた。

今回の騒動、原因は二つあった。

一つ目はニーナが猫の好む魔草《まそう》「マタビビ」を手に入れたことである。

自他共に認める猫好きのニーナは町の商店でマタビビを見つけ、購入した。

いつもは町にいる野良猫たちと戯《たわむ》れる程度であったが、今日は違う。

せっかくの休みだから、いつもより多くの猫たちと触れ合いたい。

ニーナはそう思ったのである。

しかし、猫を集めるのは至難《しなん》の業《わざ》。そこで彼女が頼ったのは上級生のクエンティン・ウォルスであった。

そして、それこそがもう一つの原因である。

「ちょうどよかった。僕の試作した魔法具があるんだ。よかったら使ってみて」

そう言ってクエンティンがニーナに貸し出したのは、魔草の匂いを増幅させる魔法具だった。

ランプのような見た目をしたそれは中に入れた魔草の匂いを空気中に散布する仕組みで、ニーナはそこにマタビビを入れたのである。

だが、クエンティンの予想していたよりも、その魔法具の性能は良かった。

学院の周辺から猫を集める程度だったはずなのに、町中の猫が押し寄せてきてしまったのだ。

「本当にごめんなさい。先輩の話だと使い魔には影響しないって聞いてたから、集まったのは全部野良猫なんだと思ってて……」

ニーナはなおも謝罪するが、シスリーはアルバが無事だっただけで満足のようだ。

レオンは倉庫の前に吊《つ》るされていたクエンティン作の魔法具を回収すると、そこからマタビビを抜き出す。

匂いが薄れていくと、集まった野良猫たちは自然と散り散りになっていく。

「でもお前、気をつけろよ。その猫、よく授業中抜け出してるぞ。飼い主としての自覚を持て」

正気に戻ったダレンがシスリーに注意している。シスリーはそれを知らなかったようで、ダレンに礼を言った。

「偉そうに……にしてもお前、本当は猫大好きだったんだな。だからアルバのことも知っていたわけだ」

マークが場を和ませるようにダレンをからかう。ダレンは恥ずかしかったのか、顔を真っ赤にしてマークに反発している。

二人のやり取りがおかしくて、皆笑っていた。

入学当初、あれだけ隔《へだ》たりがあった貴族と平民の格差は、今この場所だけにはない。レオンはそれが嬉しかった。

「レオン」

オードがレオンの元に駆け寄ってくる。

「ごめんね、せっかくの休日にこんなことに巻き込んじゃって」

空はまだ明るいが、昼も過ぎてだいぶ経つ。

結局レオンたちは一日のほとんどを猫捜しに費やしたのだった。

「いいさ。十分楽しかったし」

それはレオンの本音だった。ただ町で買い物をするよりも、仲間と過ごしたその時間は本当に楽しかった。

「その魔法具、どうするの？」

オードがレオンの持つ魔法具を指差して聞く。

「先輩に返しとくよ。ついでに文句も言っとく」

レオンはそう言って笑い、野良猫が全部いなくなってから寮に戻る。

首輪のついた使い魔が何匹かいたが、騒動の首謀者ニーナと、ルイズやマークたちが責任を持って飼い主のところに返すと言っていた。

その日の放課後、レオンは授業の終わったクエンティンに魔法具を返す。

事情を説明すると、クエンティンは申し訳なさそうに笑っていた。

「そうか……それはすまないことをした。使い魔の飼い主たちには僕からも謝罪しておくよ」

クエンティンはそう言って魔法具を受け取ると、早速寮を出ていく。

彼にも悪気があったわけではないというのは、レオンを始め皆わかっている。

クエンティンが謝罪をすればこの騒動はひとまず解決でいいだろう。


夜になり、同室のマークがスヤスヤと寝息を立てている頃。

レオンは部屋の窓から夜空を眺めていた。

シスリーとアルバの様子を思い出し、無事で良かったと安堵《あんど》する。

そして、今回の騒動で懐かしい記憶を思い返していた。

それは、レオンがまだ生まれてすぐの頃。

ハートフィリア家では一匹の黒猫を飼っていた。レオンはまだ幼かったが、その黒猫の記憶を何故か鮮明に覚えている。名前は「ノア」だ。

両親が連れてきたわけではなく、いつの間にかレオンの側にいた。

常にレオンの近くにおり、優しい目で見つめていたのだ。

二歳の誕生日を迎えた時、ノアは突然姿を消した。

どこに行ったのかもわからず幼いレオンは寂しかったが、決して泣かなかった。

——いつかまた会える。

何故かそんな気がしていたのだ。

思い返せば、ノアの姿はレオンの夢に出てくる黒猫のモゾによく似ていた。

それに意味があるのか、偶然なのかわからない。しかし、ノアやモゾの姿を思い出すと、不思議と心が温かくなる感じがした。

レオンはベッドに戻り、目を閉じる。

懐かしい思い出を胸に、眠りにつくのだった。

◇

猫騒動からしばらく経ち、レオンたち一年生は日常の落ち着きを取り戻していた。

その代わりに今度は二、三年生が忙しくし始めた。

週末になり、休日だというのに寮内は珍しく騒がしい。自室のベッドの上でその騒がしさを聞いていたレオンは談話室に下りてから、その理由を知る。

「マーク⁉　どうしたのさ？」

談話室に入り最初に目に入ったのは親友のマークの姿だった。

マークは何故か縄《なわ》でぐるぐる巻きにされて椅子に固定されている。さらに口には布をかませられ、喋れないようにされていた。必死に逃れようとドタバタと暴れるマーク。騒がしかったのはこれが原因らしい。

「んーっ‼　んーんー‼」

レオンに気づいたマークが必死に何かを伝えようとするが、レオンにはわからなかった。マークの元に駆け寄り、口にかまされた布を外そうとするものの、マークは必死に首を振り、レオンを近づけまいとする。

どうにか動かせる首をめいっぱい動かして何かを伝えようとするマークの視線は、レオンの真上にあり、首も上を指しているように見える。

「……上？」

レオンが天井を見上げると、見知った人物がそこにいた。

実際はそんなことはないのだが、レオンにはその人物の目がキラーンと妖《あや》しく光ったように見えた。

「さて、君たち。僕の招待を快く受けてくれたこと、まずは感謝しよう。どうか楽にしてくれ」

数分後、マークと同じ姿にされたレオンがそこにいた。

それどころか、アイルトンや他の一年生たちも椅子にぐるぐる巻きにされた状態で、談話室に連れてこられている。

レオンの目の前で悠々《ゆうゆう》と話す相手は監督生のクエンティンだった。

「……やっぱり布はやりすぎかな？　外してあげて」

仰々《ぎょうぎょう》しく話していたクエンティンは急に素に戻り、他の二、三年生に口の布を取るように指示を出した。

「クエンティン先輩！　これは一体何なんですか！」

布が外れるや否やレオンは抗議する。

他の一年生たちも状況を呑み込めていないようで、レオンに賛同した。

「いい質問だ、レオン君。今回君たちを集めたのは他でもない！　実はこの寮は今、とある危機にさらされているのだ！」

再び演技じみた話し方に戻ったクエンティンは人差し指を高く上げて、空中に大きな円を描く。

魔法を発動しようとしているのだ。

動けない状態で目の前で魔法を構築されている。

一年生たちはゴクリと唾を呑み込んだ。

「ハアーッ!!」

クエンティンが人差し指で描いた円は次第に白く輝き出す。そして、彼が叫びながら指を振り下ろすと、魔法がレオンたちの目の前で弾ける。

ポンッと可愛い音が鳴り、カラフルな光る文字で空中に「魔法祭《まほうさい》が始まるよ」と浮かび上がった。

何か大きな魔法が始まると身構えていた一年生たちは全員拍子抜けする。

その様子を見たクエンティンはケラケラと子供のように笑う。

「ごめんごめん、ビックリしたよね？　いや、ビックリさせたんだけど」

そう言いながらクエンティンが指をパチンと鳴らすと、一年生を縛っていた縄がはらりと解ける。

「あの、本当に一体何なんですか？」

自由になったレオンが再度質問すると、クエンティンはいつも通りいたずらっ子のようにニヤリと笑い――

「野郎共！　祭りの時間だぜい!!」

およそいつも通りではない口調で言った。

状況が全く呑み込めず、ポカンと口を開けている一年生たちをよそに二、三年生は拳を高く掲げ、

「オオォー!!」と叫んでいた。

◇

魔法外地実習の日以来、教室にヒースクリフの姿はなかった。

教師からは「病気療養のためしばらく休学する」と皆に告げられている。

レオン、ルイズ、襲われた女子生徒二人など実習でヒースクリフが何をしたかを知っている生徒には、今回のことを口外しないようグラントから事前に伝えられていた。

グラントはあれから関係する生徒の寮室を一部屋ずつ回り、ヒースクリフのために頭を下げた。

「これはデュエンの更生のために必要なことなんだ。君たちからしたら面白くないだろうが、どうか秘密を守ってほしい」

元々、わざわざ言いふらすようなことをしようとは思っていないレオンは快諾した。

教室にはそのグラントの姿もない。

彼はヒースクリフと共に休学し、一対一で面と向かって教育するつもりらしい。

幸いと言っていいのかわからないが、ヒースクリフの休学は大して話題には上がっていない。

皆、魔法祭のことで頭がいっぱいなのだ。

休日のうちに何やら吹き込まれたのはどこの寮でも同じらしい。

授業を頭の片隅で聞きながら、レオンは昨日のクエンティンの様子を思い出していた。

約三週間後に行われる魔法祭。

それが次の学校行事である。魔法祭とは各寮対抗で魔法に関する様々な競技を実施し、競う合うものらしい。

「いいかい？　わかってるね？　これは各寮の威信《いしん》をかけた由緒《ゆいしょ》ある戦いなんだ。負ければ僕の面目が潰れるんだからね？　わかってるね？」

無理やり集めた一年生にクエンティンは脅しをかけていたが、レオンには楽しんでいるようにしか見えなかった。

彼がわざわざ強引に一年生を集めたのにはわけがあった。

まずは、単純に士気の向上を図るため。既に魔法祭を経験した二、三年生と初めての一年生ではどうしたって熱量に差が生まれてしまう。それはどこの寮でも同じこと。

つまり、一年生をどれだけ巻き込めるかが魔法祭での勝敗に大きく関わるのである。

もう一つの理由も単純なもので、一年生には貴族も平民も関係なく素直に楽しんでほしいのだ。

魔法祭では協力して競技に取り組むその性質上、生徒間の絆が強まりやすい。それを機に身分差を意識しなくなる生徒も多いため、各寮の監督生は歓迎会と同じように魔法祭を全力で盛り上げる努力をしている。

クエンティンの話を聞いても一年生たちはまだ戸惑っている様子だった。

しかし、最後の最後にクエンティンが放った一言が一年生の士気を高めた。

「一番優秀な成績を収めた寮には豪華な景品もある！　なんと夏休みに魔法歴史館に行けるチケットが手に入るぞ‼」

魔法歴史館とはその名の通り、魔法が生まれてから現在に至るまでの様々な歴史的遺物が展示された博物館である。あまり人気の高い建物とは言えず、レオンは少しワクワクしたが他の生徒はしれーっとしていた。

士気が高まったのはその後の「なお、一番成績の悪い寮は夏休みに一週間の強制補習となるので注意するように」という言葉だった。

寮生活を余儀なくされる魔法学院生にとって、夏休みとは実家に帰省し、羽を伸ばせる数少ない機会である。

そんな大切な休みのうち、一週間も補習なんてさせられてはたまったものではない。

恐らく、どこの寮でも昨日同じような話があったのだろう。アインツの生徒たちは授業中にもかかわらず、明らかに授業の内容は聞いていていない。

皆、教科書とは違う様々な魔法の本を読みながらひたすらに勉強している。血走った目で机に向かうクラスメイトたちを見て、レオンは少しだけ怖くなった。

生徒たちは魔法祭に向けて意識を高めていたが、実際に魔法祭が行われるのは三週間後である。それまでに当然やらなければならない授業や課題もあるのだ。


昼休みにいつものように広場に集まって昼食をとるレオンたちは、出された課題をこなしながら魔法祭について話していた。

「あなたたちも言われたのね、補習の話」

いつの間にやらこの広場の常連となっているルイズが言った。

ルイズは右手にサンドイッチ、左手では魔法の本を持って読みながら器用に会話に参加している。

魔法祭は寮対抗で行われるので、ここに集まるメンバーは敵同士ということになる。

各寮は出身地域によって割り振られており、レオンとマークは南、ニーナとオードは東、ルイズは北の寮だった。

「補習も確かに嫌だけど、レオンたちと戦うのは気が引けるかなぁ」

争いごとを好まないオードは魔法祭に対してそんなに熱量が高いわけではないようだ。反対に勝負ごとが大好きなマークは、昨日のクエンティンの話を聞いてから燃え続けている。

「そんなこと言わずに、正々堂々恨みっこなしでやろうな！」

そう熱く語るマークを見てレオンは笑う。

魔法外地実習が終わったあと、マークは少し元気がないように思えたが、魔法祭の話を聞いているもの彼に戻っている。

気のせいだったかなと思いながら、レオンは買ってきたチキンのサンドを食べた。

食べながら出された課題をこなしていると、そこを通りかかった一人の生徒がルイズめがけて一直線に飛んできた。

「ルイズ嬢《じょう》!!」

突然現れたその男子生徒はいきなりルイズに抱きついた。レオンを始め、マークやオード、ニーナまで目を丸くする。

「ちょ、ちょっと離れなさいよ！」

ルイズは抱きついてきた男子生徒を引き離す。

引き離された男子生徒は笑いながら謝罪した。

「いや、申し訳ない。どうしても自国での風習が抜けなくてな」

悪気なく笑うその生徒にレオンは見覚えがあった。魔法外地実習で一番の成績をとったアルナード・シウネだ。当時は彼のことを知らなかったが、あれから学院内で何度か見かけるうちに、彼がそうだとわかった。

「アルー！　行くよー！」

遠くでそう女子生徒に呼ばれ、台風のように去っていったアルナード。ルイズはアルナードがいなくなったあとで大きくため息をついた。

「彼、魔法外地実習で一位だった人だよね。ルイズ、仲良いの？」

目の前で起こったことが信じられないといった様子のマークをよそに、オードが切り出した。ルイズはもう一度深くため息をついてから「この間の休みの日に少し話しただけよ……彼、外国からの留学生らしくて、スキンシップがちょっとね……」と疲れたように言った。

先日の休みの日、猫捜しの日のことである。レオンたちがルイズを訪ねるよりも前に二人の女子生徒を連れたアルナードがやってきたのだ。

その二人の女子生徒は実習でルイズがヒースクリフから助けた二人だった。名前をリーナとマーシャという。

二人は実習での礼を言うためにルイズを探していたらしいのだが、ヒースクリフの一件のせいで貴族生に話しかける勇気が出なかった。

そこでアルナードを頼り、ついてきてもらったらしい。

「そんなこと気にしなくていいわ。あの人がおかしいだけ、私たち同じ学院の生徒じゃない」

元々平民と貴族の格差など知りもしなかったルイズはそう言って、簡単にリーナとマーシャと仲良くなった。そして、その一部始終を見ていたアルナードに気に入られてしまったらしい。

アルナードはこの国の友好国から親善のために来た留学生である。彼の国の教えでは「友人、恋人への愛情は体を使って表現しなさい」となっている。

先程のルイズへのハグはアルナードからすれば友人へのスキンシップの一つだった。

「それであの時、少し様子がおかしかったのか」

レオンはあの日のルイズを思い返しながら言った。最初に声をかけた時、明らかに警戒した反応だったからだ。

どうやらアルナードに対する防衛本能だったらしい。

◇

「さぁ、南寮の諸君！　授業で疲れてるかもしれないけど、放課後のこの数時間で魔法の訓練をするぞー」

授業が終わると、クエンティンが一年生の教室までやってきて言った。

魔法祭の話をされた日から三日が経ったが、クエンティンは毎日その日の最後の授業が終わる頃にやってきて、自分の寮の生徒を拉致《らち》していく。

ただし、それはどこの寮の生徒も同じようで、戦力増強を図るために放課後は自主的な魔法の勉強会が至るところで開かれていた。

授業、課題、訓練と一年生は多忙を極めていたが、不平や不満は一切出ていなかった。

放課後の訓練ではクエンティンの集めた二、三年生が一年生について魔法祭の競技に合わせた訓練を行っているのだが、それが終わったあとは必ず課題や授業の復習などに付き合ってくれるのだ。

クエンティンが集めるだけあり、上級生は貴族も平民も関係なく教えてくれるため一年生は授業内容で遅れることなく、むしろ成績が伸びていた。

もちろん二、三年にも授業や課題はあるのだが、年次の差なのか彼らはそれを効率よくこなしている。

「はい、レオン君、防御の意識が低いよ」

そんな中、レオンはクエンティンと他二名の二年生を含めて、四人が同時に戦い合うバトル形式の訓練を繰り返していた。

魔法祭の目玉である魔法闘技《まほうとうぎ》の訓練である。

各学年から選出された代表が戦い合うのだが、クエンティンが代表にレオンを選んだのだ。その決定に表立って反発する者はいなかった。

「北寮はルイズ・ネメトリア、西寮はアルナード・シウネでしょ？　東は誰かわからないけど、レオン君以外で勝つ自信ある人いる？」

クエンティンのこの言葉に一年生は皆黙り込んでしまった。

入学してしばらく経ち、各クラスの実力者は既に名前が知れ渡ってきている。クエンティンのあげた他の寮の代表と戦う自信のある者はいなかった。

また、アイルトンや一部の生徒は除くが、南寮の一年生の中でレオンの実力は既に認められ始めていたのだ。

そんなわけで、拒否権など与えられるはずもなく、レオンは代表になってしまった。

「魔法闘技は背中の旗を撃ち抜かれたら終わりだからね。旗の防御を意識しないと」

戦いながらクエンティンはレオンに指示を出す。レオンは今、背中に青色の旗を背負っている。

魔法によってレオンの背後に一定の距離で浮き続けるその旗は、魔法闘技の参加者が必ずつけなければいけないものだった。各寮の代表はそれぞれ異なる色の旗を背負い、それを標的にして戦うのである。

魔法闘技では体への攻撃は認められておらず、可能なのは旗への攻撃と防御、そしてダメージを伴《ともな》わない妨害《ぼうがい》のための魔法のみだった。

クエンティンも他の二年生もあくまで本気を出していないが、レオンはそれでも旗を守るので精一杯だ。

一対一ならまだしも状況はほぼ三対一である。

右の二年生への攻撃に意識を割こうとすると左の二年生が、そちらに対応しようとすればクエンティンが、というように三方から攻撃されると防戦一方になってしまう。

「クエンティン先輩！　こんなに攻撃されると何にもできないです!!」

旗を撃ち抜かれないように守りながらレオンは叫ぶ。

クエンティンはいつものようにニヤニヤして、攻撃の手を休めることはなかった。

「本番でも相手がこうして徒党を組んでくることがあるからね。それに、君たち一年生はこういう時にどうすればいいのか既に学んでるはずだ」

レオンは余裕のない頭で必死に考える。

クエンティンの言葉の意味はわかる。「飛行」を学んでからレオンは魔法を連続で使用したり、同時に発動したりすることの重要性を知った。それは理解しているのだが、防御魔法と攻撃魔法をどのように同時に出せばいいのかわからないのだ。

防御魔法の透明な壁は両手で構築しなければならず、その間に攻撃魔法を構築する余裕はなかった。

クエンティンたち二、三年生による魔法の訓練は、魔法祭まで残り二週間となった今日も続いている。

毎日の特訓により、レオンは防御と攻撃を同時に行うことができるようになってきていた。

今までは両手で前に張り出していた透明な壁を、左手だけで構築するのだ。

両手で構築するよりも規模や耐久性は低くなってしまうが、左手に持つイメージで作ることで盾のように扱えた。

その小さい盾で相手の魔法を的確に弾きながら、空いている右手で攻撃魔法を構築する。

言葉にすれば単純なことのように思えるが、「飛行」のように連続で構築して魔法の効果を上書きする使い方と違い、魔法を同時に使用するのは難しかった。

攻撃意識が高くなりすぎると左手の防御魔法は簡単に消えてしまう。攻撃と防御、二つの意識のバランスをとりながら、立ち位置や戦況まで考えなくてはならない。

戦う相手は三人いる。

訓練が始まって最初の方は三対一のような状況が常に続いていたのだが、それは自分が攻撃できなかったからだとレオンは気づいた。

相手の三人は決して味方同士というわけではない。お互い敵同士である。そして、狙っているのは崩せそうな相手なのだ。

レオンが攻撃魔法を三人のうちの誰かに向けて放ち、放たれた人がそれを防ごうと体勢を崩すと、他の二人はすぐにその生徒を落とそうと攻撃を始める。

この魔法闘技という競技で重要なのは相手に隙《すき》を見せない位置取りと、相手の隙を作る攻撃のタイミングだったのだ。

それに気づいてから、レオンは自身の位置取りを頻繁《ひんぱん》に変えることを意識した。

開始地点は四角い闘技場の四隅からとなっているため有利、不利はないのだが、乱戦の中では全員が入り乱れて、位置関係は複雑に変わっていく。

その中でレオンが意識したのは自分が挟《はさ》まれるような位置を取らないこと、そして、相手を挟めるような位置に行くことだった。

例えば、一人の生徒が他の二人に正面から攻撃を受けているとする。そんな時、レオンは必ずその生徒の背後を取る。

前の二人の生徒を使い、挟み撃ちの状況を作るのだ。

前だけでなく、後ろからの攻撃にも意識を割かなくてはならないため、挟まれた側は本当に辛い。

ここ何日かの訓練でレオンが身を以《もっ》て学んだことだった。

「だいぶ良くなってきたね」

本日の訓練の最後にクエンティンはレオンに向けてそう言った。実際、訓練の初日にはほとんど勝てなかったレオンだったが、今日の勝率は四割ほどまで上がった。

攻撃と防御の両立がもう少し上手くなれば勝率はまだ上がるだろう。

「クエンティン先輩はどうしてこんなに丁寧に優しく教えてくれるんですか？」

二人きりになったタイミングでレオンはクエンティンに聞いてみた。魔法祭だけの話ではなく、ずっと思っていたことだ。

貴族生にもかかわらず、初めて会った日からクエンティンはずっと優しい。助けられたことも一度や二度ではない。

「僕が優しいのは当然さ。何せ監督生だからね」

クエンティンはそう言って笑うが、答えにはなっていなかった。

新入生として入学した時、彼は普通の貴族生だった。

平民と距離を取り、自分自身のことしか考えていない、そんな人間だった。彼を変えたのは当時の三年生であった。

しかし、クエンティンはその過去を誰かに話しはしない。今までの自分を恥じているからだ。

だから、レオンがそんなクエンティンの過去を知ることはないし、知る必要もないのである。

クエンティンを救った当時の三年生がしたように、今度は彼が新入生たちを助ける。ただ、それだけのことだった。

◇

話はレオンたちが魔法祭の訓練を開始する前に遡《さかのぼ》る。

それまで寮で謹慎させられていたヒースクリフ・デュエンは馬車の中にいた。

馬車はどこへ行くかも告げぬまま、ひたすらに走り続けていた。

ヒースクリフは何故こんなことになったのかわからずに、ただ馬車の窓から外の様子を眺めている。

魔法外地実習でのあの一幕。ヒースクリフは自身の行いが間違いだったとは思っていなかった。

ただ、格下だと思っていた相手にまた負けたことが彼に大きなダメージを与えていた。

(僕は一体なんなのだろうな)

流れていく風景はヒースクリフの目には映っていなかった。心の中に様々な感情が巡るだけだ。

謹慎処分を喰らったというのに、父親である国王からは何の連絡もなかった。

自分は既に見離されたのだと、ヒースクリフは解釈していた。

それはつまり、ヒースクリフが国王になる道はほぼ途絶えたということ。今の彼は肥大した自尊心だけを抱えた抜《ぬ》け殻《がら》だった。

「退屈そうだな、デュエン」

ヒースクリフの正面の席に座るグラントが口を開いた。彼はチラリとグラントを見たが、視線をすぐに窓の外へ戻す。

「学院を一歩出れば階級社会の復活なのでは？」

ポツリとヒースクリフが呟いた。

グラントもそこそこ有力な貴族家の出身だが、ヒースクリフは王子である。学院の外では二人の立場は逆転する。

「言ってみればこれは課外授業である。ここはまだ学院内だよ、デュエン」

グラントの返しにヒースクリフはため息をつく。

王子である自分をグラントが勝手に連れ回しているとは考えにくい。国王に連絡を入れ、許可が出たということなのだろう。

それならば、ヒースクリフが何を言っても無駄なのは明白だった。

「それで、どこへ向かうのですか？　先生」

グラントは「すぐにわかる」と言い、行き先を伝えなかった。

馬車はその後も進み続け、ついに王都を出てしまった。

「おい、王都を離れるなんて聞いてないぞ」

王都を出た途端、ヒースクリフは慌てたように喚《わめ》き出す。その様子を予想していたのか、グラントは落ち着いていた。

「自分を守ってくれる者がいないと怖いのかね」

それは明らかな侮辱《ぶじょく》だった。

ヒースクリフは顔を真っ赤にして憤慨《ふんがい》する。

「なんだと!? 貴様、たかが貴族の分際で」

グラントが激昂したヒースクリフの口をなぞるように指をスライドさせると、ヒースクリフの口が閉じて開かなくなる。

「んーっ!! んー!!」

それでもなお抗議を続けるヒースクリフに、グラントはピシャリと言い放つ。

「履き違えるなよ、デュエン。これは断じて貴様の療養のための旅行などではないぞ。民を守るべき王族でありながら、貴様はその民を殺そうとしたのだ。王子だからといってその罪が簡単に消えると思うな!」

そう怒鳴りつけるグラントの圧力に負けて、ヒースクリフは黙り込んでしまう。

しかし、ヒースクリフにはその言葉の意味が理解できなかった。王宮では誰も彼の行動を止めようとはしなかった。

召使いは何を言っても反論などしないし、ましてや怒鳴ってくるなんてありえない。王宮における王族の扱いが今のヒースクリフを育てたのだ。魔法が使えるとわかりプライドがさらに肥大した彼にとって、グラントの話は理解し難いものだった。

馬車は王都を出てからも止まることなく進み、夕日が差し込む頃合いになってようやく目的地に到着した。

「なんだ、ここは……」

馬車を降りたヒースクリフは愕然《がくぜん》としている。

目の前には悠然と広がる湖、そしてそれを森が囲んでいる。景色に感動する余裕はヒースクリフにはなかった。

その湖のほとりに小さな小屋が一軒立っている。それだけならばまだなんとも思わないのだが、あろうことかグラントはヒースクリフに対し、「今日からしばらくの間、ここで暮らす」と言い放ったのだ。ヒースクリフにはグラントの思惑がわからなかった。

わざわざ王都を離れたこんな場所まで連れてきたことでさえ意味がわからないのに、ここで暮らすだと？

「ふざけるな。こんなところ、人間の住める場所じゃないだろう」

湖畔《こはん》に建てられた小屋は随分と小さい。

王宮であればトイレでさえこの小屋よりは広いだろう。

ヒースクリフは知らなかったが、そこは本来平民の漁師が夏の間、湖の魚をとるために使用している小屋だった。

「君はここで暮らすんだ。ここでは、食べ物の用意も衣服の洗濯も掃除も全て自分でやらなければならない」

ヒースクリフはあまりの衝撃に眩暈《めまい》がした。

当然のようにその全てをヒースクリフはやったことがない。王宮では召使いに、寮では取り巻きの生徒にやらせていた。

「そんなものは僕の仕事じゃない！　その辺の平民に金でも払ってやらせればいいじゃないか！」

ヒースクリフは抗議する。

しかし、グラントがそれを良しとするわけがない。

「確かに平民ならばここで暮らすのも簡単だろうな。何せ、それが彼らの暮らしなのだから。なのに貴様はどうだ？　馬鹿にしてばかりで、平民と同じこともできないのか？」

グラントの挑発にヒースクリフは怒りが爆発しそうになるが、グラントを襲っても勝ち目がないのはわかっていた。

「もういい、僕は自力で帰るぞ」

そう言ってヒースクリフはその場を離れようとする。

「好きにしろ、どうせ貴様ではこの森を抜けられん」

グラントはそれを止めることなく小屋の中へ入っていった。

ヒースクリフは「飛行」を使用し、森を抜けようと試みた。しかし、「飛行」は発動しない。

魔力が練れないのだ。

「クソ、あいつめ。『阻害《そがい》』しているのか」

ヒースクリフの言うようにそれはグラントの仕業だった。グラントは森全体という広範囲にわたり魔法をかけていた。

森の中ではグラントが魔法の使用を制限しているのだ。

ヒースクリフは仕方なく森の中を歩いていくことにする。

馬車の来た道を戻ればいいだけだ。森を抜けたらその辺にいる平民に声をかけて王都まで案内させればいい。

そう考えていたのだが、甘かった。土地勘のないヒースクリフに方向感覚の狂いやすい森を抜けられるわけがなかった。

さらに、森には「迷走《めいそう》」の魔法もかかっていて、ヒースクリフが森を抜けようとどんなに頑張っても決まって最後は小屋のある湖に戻ってきてしまうのだ。

「ちくしょう。あの馬鹿教師め。僕が王都に着いたら、絶対に首にしてやる」


それでもヒースクリフは何度も何度も森へ入った。

やがてすっかりと日は暮れ、少し先も見えない闇が森を包み込む。

体力の限界が近づいたヒースクリフは、一番近くにあった木に寄りかかるように座り込んだ。いつもならばもう既に用意された夕食を食べている頃だ。たった一食を抜くことでさえ、王族のヒースクリフにとっては初めての経験だった。

「くぅ……腹が減った」

空腹に耐えながらもヒースクリフは再び森の中を彷徨《さまよ》い、湖に辿り着いてはまた森の中へ入っていくという終わりのない作業を繰り返した。

初めの頃は「相殺」の魔法を放ってみたり、魔法で目印をつけて迷わないようにしたり工夫していたが、空腹が限界に達した今は、グラントのかけた魔法を打ち破ろうという気持ちはなかった。

ただ、どうしても平民と同じ暮らしをするということに耐えられなかったのだ。

彼は幼少期から平民とも貴族とも違う特別な存在として扱われ、育てられてきた。

魔法学院の育成理念は理解している。魔法を使える者であれば誰もが平等というその考えは、平民と王侯貴族の間に差などないと示していることもわかっている。

しかし平民と同じ生活をするということに心が耐えられない。どうしても拒絶してしまうのだ。

もし彼に魔法の適性などなく、ただの第二王子として生きていたならば、きっとそれなりに上手くやっていけただろう。王位継承こそできないだろうが、王弟として満足のいく快適な暮らしができていたはずだ。

しかし彼には魔法があり、魔法を極め、国王になることを望んだ。他者を見下し、自らの行動を省みない今のヒースクリフではその望みが叶うことはない。

「もうだめだ……誰か、食事を」

何十回目かの挑戦のあと、再び湖に辿り着いた時、ヒースクリフは歩くことをやめた。

疲れと空腹で歩く気力が湧かない。ヒースクリフはみっともなく地面に突っ伏した。普段ならばそんなことは絶対にしないが、初めて寝る土の感触は案外冷たくて気持ちがいい。

その時、どこからともなく美味しそうな匂いがした。

匂いにつられて、ヒースクリフは顔を上げる。視線の先に焚き火が見えた。

グラントが火の前に座って魚を焼いているのだ。

それは湖で釣った魚をただ焼いただけのものだったが、ヒースクリフにはどんなご馳走にも勝るほど美味しそうに見えた。

最後の力を振り絞って、彼は焼き魚に向かって走る。意地汚く、みすぼらしく涎《よだれ》を垂らしながら走るその姿には王族としての誇りも威厳もない。

あと少し、あと少しで魚を食べられる。

そんなヒースクリフをグラントは魔法で弾き飛ばした。

「ぐっあ……」

大した魔法ではない。小突く程度の威力の魔法に弾かれて、ヒースクリフは尻餅をつく。それがグラントの仕業だとわかると声を上げた。

「何をする!!　僕は王族だぞ！　王子だ!!　その魚をよこせ」

グラントは彼に見向きもせずに焼いた魚を一口食べた。

「これは私が自分で釣った魚だ。食べたければ君もそうしなさい」

グラントの声はヒースクリフには届かない。今もなお「僕は王族だ、王族はそんなことしない」と喚き続けている。

泥に塗《まみ》れ、理性も失いかけているその姿は王族とは到底思えない。

「デュエン、この状況を見なさい。この場所には君と私の二人しかいない。もしここで私が君を殺しても、誰も見ていないのだ」

殺すという物騒な言葉にヒースクリフはドキッとした。

「そんな場所で権力を振りかざして何になる。誰が言うことを聞く。ここでは君の持つ権力なんて何の意味もない」

グラントは立ち上がり、ヒースクリフに一歩ずつ近づいてくる。その迫力にヒースクリフは思わずあとずさった。

「さぁ、何をするべきか考えろ。どうすれば魚を食べられるのか知恵を使え。権力がないならば、お前に残っているものは何だ」

グラントは泣いていた。

こんなことは、本来彼の望む教育ではない。

それでも、彼にはこの方法しか思いつけなかったのだ。泣きながら、それでもなお凛とした表情で立つグラント。

その思いはヒースクリフの心にようやく届き始めていた。

「僕は、王族だ……王子です。だけど、権力がなければ何もできない」

地面に伏せ、ヒースクリフは泣いた。

何故涙が溢れてくるのか彼にはわからなかったが、自然と流れてしまうのだ。

恥も外聞《がいぶん》も捨て、グラントの前で彼は泣いた。

グラントの言うようにここには二人しかいない。権力は何の意味もなさないが、同時に行動を咎める者もいなければ、嘲笑《あざわら》う声だってない。

かなりの時間、ヒースクリフはうずくまって泣いた。

空腹と疲労と、その極限の状態で流した涙は、ヒースクリフの中のくだらないプライドを打ち消す。

「僕に、魚の取り方を教えてください……掃除に……洗濯も。僕にできないことを教えてください」

ヒースクリフは初めて人に頼んだ。グラントは安心したように頷く。

「それでいいのだ、デュエン。他者など気にするな。君は君のために実力をつけていく必要がある。魔法だけでなく、全てにおいてな」

「さあ、食べなさい」と、グラントは焼き魚の一つをヒースクリフの手に持たせる。

ヒースクリフはその魚を食べた。

何の味付けもない、ただの魚。

しかし、彼はこの味を生涯忘れることはない。

己の弱さを認めたヒースクリフが、今後同じような間違いを犯すことはないだろう。

彼は肥大化しすぎて抑えきれなくなり、自らを苦しめていた自尊心や劣等感といった感情を吐き出すことができたのだ。

魚を食べ終えたヒースクリフは泣き疲れたのか、その場で幼い子供のように眠ってしまう。グラントはそんな彼を抱え上げ、小屋に入る。

中には藁《わら》でできた寝床があり、グラントはそこにヒースクリフを寝かせた。

上質なベッドでしか寝たことのないヒースクリフだったが、疲れのせいなのかその日はぐっすりと眠れた。


翌朝、日の出と共に目覚めたグラントがヒースクリフの寝床を覗くと、そこに彼の姿はなかった。

グラントはまた逃げ出したのかと一瞬不安になったが、外に出てすぐにその不安は解消された。

ヒースクリフは庭にある小さな畑で懸命に鍬《くわ》を振り下ろしていた。随分前からやっているのか、その額には汗が浮かんでいる。

「もう大丈夫だ、きっと」

グラントが呟いたその言葉は誰に聞かれることもなく空へ消えた。

「先生、おはようございます」

グラントに気づいたヒースクリフが挨拶する。

その表情に以前のような焦燥《しょうそう》はなく、すっきりとした顔をしている。

「デュエン、その振り方では腕を痛めてしまうぞ。もっと鍬の重さを利用するんだ」

結局グラントとヒースクリフは、この地で三週間ほど過ごした。

それは他の誰かからすれば他愛《たあい》もない時間だっただろうが、ヒースクリフにとっては大きな意味を持つ。

グラントの助けを借りながらも、初めて自分で食事を作り、初めて何かを育て、初めて一人で生活した。

そして、その大変さと楽しさを学んだのである。

この三週間でヒースクリフは一度も魔法を使っていなかった。以前の彼ならば、そのことに焦りを感じただろうが、今は違う。

魔法がなくても生きていける。

ただ、自分には魔法もある。

権力を失ってもヒースクリフには魔法があり、魔法を失っても生きていける。そんな考えがしっかりとヒースクリフの中に根づいたのであった。

このヒースクリフに対する教育に、グラントは自分の教師生命を懸けていた。

教師と生徒の関係だからといっても相手は王族である。

もしヒースクリフに思いが伝わらず、彼が考えを改めなかった時は、責任をとって辞めるつもりだった。

しかし、グラントの思いはヒースクリフに十分伝わった。

教師としてこれほどまでに嬉しかったことはないだろう。だからこそ、その喜びに油断してグラントは見逃してしまった。

改心したヒースクリフの体から何か影のようなものが抜け出したのだ。それは魔力の塊にも似ていた。

純粋な魔力と違うのは、ヒースクリフの中に蠢《うごめ》いていた醜《みにく》い感情を含んでいたこと。

人知れずヒースクリフの体から抜け出たそれは、青い空の彼方へ消えていくのだった。

◇

魔法祭の開催前日、学院内では「第二王子ヒースクリフ・デュエンが帰ってきた」という噂が流れていた。

当然ではあるが、一年生の中には彼の横暴な態度を疎ましく思っていた生徒もいる。

それでも、表向きは歓迎ムードであった。

特に魔法祭で行われる魔法闘技の代表を決めあぐねていたヒースクリフ所属の東寮の生徒たちは、内心ではホッとしていた。

ダレン、オード、ニーナなど、王都内やその周辺に住む貴族たちはほとんどが東寮に入寮しているのだが、ヒースクリフの他に他寮の代表に勝てそうな一年生がいなかったのである。

「本当に大丈夫なのかしら」

昼食時、いつもの広場で食事をとりながらルイズが言った。

今日は珍しく魔法の本を読んでおらず、代わりに左手で水の魔法を構築し、形を変える練習をしている。

レオンが入学前に王都へ向かう馬車の中でやったものと同じだ。

「グラント先生が『大丈夫』って判断したからこその復学なんだろうし、平気だとは思うけど」

レオンはそう答えて、右手で購買のパンを食べながら左手で本を読む。

決してルイズの真似をしているわけではなく、防御魔法と攻撃魔法の両立を完璧にするために左右で違うことをするという訓練だった。

できるだけ魔法闘技の時と似たような意識のバランスを作るため、本は流し読みではなく内容をあとで振り返り、しっかりと頭に入っているか確認するようにしている。

似たようなことをやりながら関係ない話をするレオンとルイズを見て器用だなと思いつつ、マークは剣を磨いていた。

魔法祭でマークの出番は何かと多い。

目玉である魔法闘技こそレオンに持っていかれたが、その前にある複数の競技に出ることが決まっている。

「実習の時は大して活躍できなかったからな。次こそはがんばるぞ」と意気込んでいるのだが、その意気込みが空回りしないように、最近は剣を磨きながら精神統一しているのだ。

特に変わらないのはオードとニーナくらいであった。

というのもこの二人、魔法祭では出場する競技がほとんどないため魔法の訓練もほどほどで、和やかな日常を送っている。

その代わりに二人は教師に頼み込んで、魔法具の材料となる植物をいくつか学院内の花壇で育て始めていた。

ニーナが提案し、オードが協力している形なのだが、二人は今それが楽しいらしく教室でも広場でも植物の話をしていることが多かった。

「何はともあれ、明日からは魔法祭ね。わかってると思うけど私は手を抜かないし、あなたも抜いたら許さないからね」

昼食を食べ終えたルイズがレオンにそう言って立ち上がる。

今日は魔法祭の前日ということで授業は午前中にて終了。午後は各自最後の調整に入ることになる。

「ルイズらしいですね。レオンは何か勝算などはあるのですか？」

自分の寮に駆けていくルイズを見て、ニーナがレオンに尋ねる。

レオンは食べていたパンの最後の一口を呑み込んでからニコッと笑った。

「うーん、特にないかな。やれることをやるだけ」

レオンは魔法闘技で特に作戦があるわけではなかった。

ただ、この三週間クエンティンや他の二年生たちと何回も訓練をした。最近では勝率も上がってきている。

下手な小細工をするより、実力で戦いたいと思っているのだ。

魔法祭は丸三日かけて行われる。

一年生の魔法闘技は初日、つまり明日だ。

レオンを始め、魔法闘技に出場する選手たちは皆、今まで培《つちか》ってきた自分の魔法を正々堂々とぶつける気でいた。

魔法祭編

Botsuraku shita kizokuke ni hirowareta node
ongaeshide hukkou sasemasu

魔法祭当日の朝、レオンはまだ日が昇る前に目を覚ました。

特段気合が入っているつもりはなかったが、体は正確にレオンの精神状態を表現する。緊張しているのだ。

寮の代表に選ばれ、戦うことになるなんて思ってもみなかった。

「今日が本番……」

寝起きだというのに、心臓の鼓動が強く速い。

気持ちを落ち着けようと、レオンは外を散歩することにした。寮から一歩外に出ると湿った空気がレオンを包む。

まだ薄暗いが、周りの状況ははっきりと見える。散歩するにはちょうどいい時間帯だろう。広い敷地内をレオンは歩く。

少し先にニーナとオードが育てている植物の花壇があるはずだ。二人なら、世話のために早起きしていてもおかしくない。気持ちを静めるために誰かと話したかったレオンは、花壇のある場所に向かう。

花壇の前にはやはり人影が見える。

人影は一つで、顔は見えないが佇《たたず》む姿から男子生徒のようだ。

オードだと思いレオンは駆け寄った。

しかし、そこにいたのはヒースクリフだった。

「ハートフィリア……」

レオンに気づいたヒースクリフが呟いた。

想像していなかった人物の出現にレオンは戸惑う。昨日のうちにヒースクリフが寮に戻ったという話は聞いていた。

しかし、何故こんな早朝に？　それも花壇の前で？

疑問を感じているレオンを見て、ヒースクリフはクスッと笑った。

その様子に、レオンはキョトンとしてしまう。

「相変わらず顔に出やすいな、ハートフィリア」

静かに微笑むヒースクリフの顔に、レオンは以前のような見下されている印象を受けなかった。

ただの美少年が立っているだけだ。

「花を見てたんだ。いつもこの時間に起きて植物をいじってたから。たった数日前のことなのになんだかもう懐かしい」

休学している間、ヒースクリフが何をしていたのかレオンは知らない。それでも目の前の彼が以前と違うことはわかった。

花を見ていたヒースクリフは大きく息を吐き、そのあとで何かを決意したように頷いた。そしてレオンの方へ向き直る。

その表情はさっきとは違い、真面目なものだ。

「すまなかった」

短い一言。それも目の前の人物からは予想できない一言に、レオンは最初、聞き間違いだと思った。しかし、ヒースクリフはそのまま深く頭を下げ、顔を上げない。

「えっと、え？　ヒースクリフ……だよね？」

レオンは戸惑うが、ヒースクリフは頭を下げたまま謝罪を続ける。

「僕が愚かだった。言葉では魔法学院の理念に則《のっと》るようなことを言いながら、心の中では君たち平民を下に見ていたんだ。言い訳はしない、僕のことも許さなくていい。しかし、こうしなければ僕は前に進めない。自分勝手だが、どうか謝罪だけでもさせてほしい」

なおも深く頭を下げるヒースクリフに困惑しながらも、レオンは謝罪を受け入れることにした。

その行動自体が、ヒースクリフの変化を証明していたからだ。

ヒースクリフはその後、レオン立ち合いの元、ルイズにも謝罪し、レオンの説得もあってルイズはそれを受け入れる形となった。

しかし、彼が襲った女子生徒二名、リーナとマーシャには謝罪することすらできなかった。

襲ったという事実があるため、グラントから彼女たちの心の傷が癒《い》えるまで接近することを禁じられているのである。

ヒースクリフが本当の意味で許される日はまだ遠い。だがそれがどんなに困難でも、彼はこれから行動で示していかなければならないのである。

◇

「生徒諸君、どうぞ怪我のないように、そして悔いの残らぬように精一杯やりなさい」

学院長の話を、レオンは魔法祭のために造られた特設ステージで聞いていた。

魔法学院に入学後、様々な魔法に触れてきたレオンだったが、そこはまさに圧巻だった。

特設ステージが作られたのは、レオンたち一年生が魔法外地実習を受けたあの地下空間。

複数の教師たちが魔法をかけ、巨大な会場を設営したのである。外地実習の時の森と岩山はそこにはなく、あるのは何万人も入るような観客席を備えた会場だった。

競技しているところを見下ろせるように設置されたその会場の観客席には、王都の住人や生徒の家族などが座っており、魔法祭が始まるのを今か今かと待ち侘びていた。

学院祭にあたる魔法祭は魔法を身近で見られるため、魔法を使えない多くの人々が集まるのだ。

「なぁ、あの話本当かな？」

整列して学院長の話を聞いている中、レオンの後ろに並ぶマークがこそっとレオンに囁《ささや》いた。

「多分本当だと思うよ。ダレンも言ってたし」

あの話とは、第二王子ヒースクリフ・デュエンが魔法闘技の代表を断ったという噂だ。寮に帰ってきたヒースクリフは監督生に頼まれたが、それを拒否。代わりにダレンが魔法闘技の代表になったらしい。

話しながらレオンはヒースクリフの方をチラリと見た。

各寮ごとに並んでおり、東寮はすぐ隣にいる。

真面目な顔で学院長を見るヒースクリフの横顔は早朝に会った時と変わらない、凛としたものだった。

「南寮の生徒の家族はあの辺りかな」

自分から話題を持ち出したにもかかわらず、マークは既にヒースクリフへの興味を失くし、キョロキョロと観客席を見ている。

観客席には貴族席と平民席があり、生徒の家族用の席もその二つに分けられている。学院内では身分差は関係ないといえど、外部の人々が来る場合は配慮しているようだ。

マークが見ているのは南寮の家族が座る平民席だ。

「少しは落ち着きなよ」

先程からソワソワと気持ちが昂《たかぶ》った様子のマークに苦笑しつつ、レオンもついつい観客席を見てしまう。

父のドミニクから「魔法祭をぜひ皆で見に行くよ」と手紙が届いたのだ。観客が多すぎて見つけることはできなかったが、恐らくあの中にいるのだろう。

あとで会いに行こうと、レオンはワクワクしていた。

「こら君たち、いつまでボケっとしてるんだい。学院長の話はもうとっくに終わってるよ」

クエンティンがレオンとマークのところまでやってきて注意する。その声で二人は我に返った。

見れば、他の生徒たちは既に控室への移動を始めていた。

「やべっ。すみません！　おいレオン、行くぞ！」

マークに引っ張られながらレオンは控室に向かった。

南寮の控室には選手用の椅子と軽食などが置いてあった。参加する競技がない生徒は観客席から応援に回るため、寮の人数よりも控室にいる人数は少ない。

それでもそれなりに人が多い控室はガヤガヤと賑《にぎ》わっている。

皆は魔法で投影された映像を見ていた。映像を投影しているのはくちばしの大きい、緑と黄色の羽を持つ変な鳥だ。外地実習でグラントの言葉を代弁していた鳥の色違いである。

同じ映像が観客席からも見えるところに流されていて、選手も観客も競技の一つ一つを見逃すことがないようになっていた。

現在は競技場が映っている。今まさに、各寮の代表——つまり、監督生たちが中央に集まり、魔法祭の開始を宣言するところだった。


「今年の魔法祭はうちの圧勝だろうな」

「よく言うよ、魔法闘技の一年生代表がなかなか決まらなくて焦ってたくせに」

「あら、低俗な言い争いは見苦しいですよ」

「何を言おうと、勝つのはうちなんだよね」

競技場の中央に集った各寮の監督生がお互いをあおり合う。監督生たちは皆、学院のローブをつけた正装である。

バチバチに火花を散らすクエンティンの姿はレオンの目には新鮮に映ったが、それはパフォーマンスであった。

本来、監督生四人は仲がいい。

時を同じくして入学し、共にいくつもの困難を乗り越えてきた彼らは監督生という同じ立場故に、唯一お互いの悩みや不満を言い合える仲なのだ。

週に一回ほど監督生の会議と称して飲みに行くほどである。

しかし、魔法祭では生徒たちの士気を高め、観客を盛り上げるためにあえて火花を散らす。

「「「「我ら魔法学院の生徒はお互いの健闘を祈り、自らの才能を遺憾《いかん》なく発揮し、勝利を目指す」」」」

四人の監督生は同時に空に向けて魔法を放つ。空高く打ち上がったそれは、やがて弾けた。

開催の合図である。

「始まっちまったなぁ。最後の魔法祭が」

映像が自分たちではなく魔法を映し始めてから、東寮の監督生レイド・フォルスが呟いた。今は映像に声を拾われることはないため、パフォーマンスも必要ない。

「何しんみりしてるんだい、まさに始まったばかりじゃないか」

クエンティンはそう言ってレイドを茶化すが、その気持ちは十分にわかる。

北寮の監督生、ユリア・ノートも西寮の監督生、トーマス・ルウも言葉にはしないが気持ちは同じだった。

三年生である彼らに来年の魔法祭はない。

それがどんなに寂しいことかは、三年生である彼らにしかわからない。

四人は自らが打ち上げた最初で最後の花火をただ静かに眺めていた。


「最初の競技は『魔法演舞《まほうえんぶ》』です。出場する生徒は競技場に集合してください」

魔法祭の運営を手伝っている生徒が控室まで来て呼びかける。

「魔法演舞」は文字通り魔法による演舞で、十人の生徒が連動して魔法を発動し、見せるのだ。その演舞の出来を教師陣が採点するのである。大体出場するのは魔法に長けた三年生で、レオンもマークも出番はない。

「マーク、僕家族に会いたいんだけど一緒に行かない？」

レオンはそう言ってマークを連れ、控室を出る。マークも家族に会いたいだろうし、何よりレオンは学院でできた親友を家族に紹介したかったのだ。

控室から出て生徒用の通路を通り抜ければ簡単に観客席に行ける。平民用の観客席に二人が着くと、ちょうど「オオォー」という歓声が上がった。

北寮のパフォーマンスが始まったようだ。

「おお、すげえ。ルイズが出てるぞ」

マークに言われて競技場の方を見ると、北寮の三年生に交ざって演舞をするルイズの姿があった。

「本当だ。すごい、全然劣ってないよ」

懸命に演舞するルイズが放つ魔法は三年生と遜色《そんしょく》ない。

魔法演舞では、一人一人の生徒が呼吸を合わせて同規模の魔法を放つ連帯感が評価されるため、ルイズは相当苦労したはずだ。

昼休みにずっと行っていたコントロールの訓練も効いているようだ。

「あれ、すげぇな。なんだあの綺麗なの」

北寮の生徒は故郷を表しているのか、魔法で雪を降らせている。

南の地域では全く降らないので、雪を見たことのないマークはその美しさに感動している様子だ。

レオンもその雪を見つめていた。

見惚れていたわけではないが、夢の中で見たせいか、どこか懐かしい。

会場にうっすら積もり始めた雪に魔法をかけ、熊《くま》や鹿《しか》といった動物の形を作り出し、走り回らせる。

雪を降らせる生徒と風を操る生徒に分かれて吹雪《ふぶき》が再現される。

故郷には降るはずのない雪なのに、やはりレオンには懐かしく感じられるのだった。

「兄さん！」

そう言ってレオンに飛びついてきたのは弟のマルクスだった。

北寮の魔法演舞が終わったあとの休憩中、ようやくレオンは家族を見つけることができた。

探すのに手間取ったわけではないのだが、魔法演舞にルイズが出ていたため見入ってしまったのである。

「マルクス、大きくなったね」

別れてから数ヶ月とちょっと。

それでもマルクスは少し大きくなったように見えた。

「レオン、久しぶりだね」

マルクスの後ろにはドミニクとレンネの姿もある。

久しぶりの家族は相変わらず温かった。

「父さん、母さん、久しぶり。こっちは親友のマーク。マーク、僕の両親だ」

両親にマークを紹介し、マークを両親に紹介する。マークは変に緊張しているのか、挨拶もぎこちなく、レオンはそれを見て笑った。

「僕、今日の最後に魔法闘技に出るんだ。それまでいられる？」

両親には自分の晴れ舞台を見てほしかったが、ここに来るために何日か仕事を休んでいるはずだ。

無理を言えないのはわかっていた。

「大丈夫さ、それを見るために来たのだからね。明日には帰らなければいけないけど、今日は全部見させてもらうよ」

ドミニクはそう言い、レオンは笑顔になる。

両親に自分の成長した姿を見せられることが嬉しいのだ。

休憩時間はまもなく終わってしまう。

マークの両親も探さないといけないため、今夜食事をする約束をして、レオンは家族と一度別れた。

その後、マークの両親も見つけ、彼がレオンを紹介する。父親も母親もどちらも優しそうな人で、雰囲気がマークに似ている。

特に父親は陽気でマークがレオンを紹介すると、「そうかそうか、マークがいつも迷惑かけてるだろ、ありがとうな」と言い、レオンの頭をくしゃくしゃと撫でた。

「やめろよ、馬鹿親父！　レオンが困ってるだろ！」

そう言って怒るマークだったが、その顔はやはり嬉しそうだ。

「それじゃ、そろそろ行くから」

自身も頭を撫でられながらマークはぶっきらぼうに言った。

再会は嬉しいが、友人の前で子供扱いされるのが恥ずかしいのだ。

ちょうど休憩時間が終わり、西寮の魔法演舞が始まろうとしていた。それが終われば今度は南寮の順番のため、控室に戻って応援することにした。

「なんか、レオンの父ちゃんってレオンそっくりだな」

控室に戻る途中、マークが言ったその言葉にレオンは驚く。今までそんなことを言われたことがなかった。

レオンとドミニクたちに血の繋がりはない。顔立ちも髪の色も何もかもが違うのだ。

それなのに、マークは似ていると言う。

「似てないよ。僕だけ変な髪の色だし」

レオンは髪の毛を触りながら言うが、マークは首を横に振った。

「そういうんじゃなくて、何ていうか、雰囲気かな。優しそうな感じとか真面目そうなとことか、ああ、レオンはこの人を見て育ったんだなっていうのがすごいわかる」

親友のその言葉はレオンにとってとても嬉しいものだった。

自分が両親に愛されているというのは十分に伝わっていたが、レオンは常に他人の目を気にしてしまうのだ。

親と見た目が違う自分を、両親以外の人はどんな目で見るのだろうか、と。マークのこの一言はレオンを救う言葉だった。

「ありがとう、何だかとっても嬉しいや」

レオンは歩きながらクスッと笑い、今度はマークがキョトンとした顔をする。

「俺、何か変なこと言ったか？」

「ううん、何にも」

家族に会えたこととマークの言葉で、レオンの中の魔法闘技に対して気負う気持ちはすっかりなくなっていた。


「さぁ、いよいよだよ、レオン君。準備はいいかい？」

魔法祭一日目の競技はつつがなく進み、残るは現在行われている「飛行」を使い障害物を避けながら進むレースと、レオンの出る魔法闘技だけとなった。

控室に映る映像では、今まさにマークがレースで一位を取ったところだ。その様子を見て、レオンは確かに嬉しかったのだが、他に気になることがあり素直に喜べなかった。

「あの、先輩。この格好、本当に必要なんですか？」

レオンは自身の格好を鏡で見ながらクエンティンに尋ねた。

胸に銀のエンブレムが入った派手なローブを羽織っているのだが、学院の指定のものではなく、クエンティンの私物である。

そして、頭には魔法使いが正装の時につけるハット、手にはローブと同じく銀の装飾が施された杖を持っている。銀は魔法使いの正装によく使われる色だ。

だが、手に持った杖には魔法を操作しやすくなる「印」などは記されておらず、完全に見た目だけのアイテムだった。

「何言ってんの、君が出るのは初日で一番盛り上がる競技『魔法闘技』なんだよ？　その代表なのに正装しなくてどうするのさ」

レオンの衣装を用意したクエンティンはそう言って、彼を落ち着かせる。

結局レオンはクエンティンの勢いに押されてしまった。

「おい、レオン！　勝ったぞ」

競技を終えたマークが控室に駆け込んでくる。

「マーク、おめでとう。これで三つ目だね」

入ってきたマークにレオンも答える。

マークは本日行われた競技のうち四つに参加し、先程の「飛行」レースも含め三つで一位を取っている。

「おおっ……ってレオン、スゲェ格好だな。カッコいいじゃん!!」

マークはレオンの格好を見てさらにテンションを上げている。彼がそう言うなら大丈夫かと、レオンは少し安心したのだが、この判断が間違いだったとあとになって気づいた。

「レオン……随分気合が入ってるのね」

開始前に競技場に作られた魔法闘技用の舞台に上がったレオンは、愕然とした。

東寮の代表、ダレンはまだ来ていなかったものの、北寮のルイズも西寮のアルナードも魔法使いの正装など着ていなかったのだ。

他の競技に参加していた生徒たちと同じく、いつもの制服である。

クエンティンにハメられたのだとレオンはようやく気づいたが、遅すぎた。

これでは一人だけ気合を入れてキメてきた痛いやつである。

クエンティンはいつの間にか生徒用の観客席の最前列に座り「レオンくーん！　カッコいいよ!!こっち向いてー！」などと、茶々多めの声援を飛ばしている。

「もうやだ……恥ずかしい」

顔を真っ赤にするレオンと楽しそうに声を張り上げるクエンティンを交互に見て、ルイズはなんとなく状況を察した。

「大変ね、あなたも……」

そんな些細な出来事がありつつ、魔法闘技の開始時刻はもうまもなくというところまで迫っていた。にもかかわらず、東寮のダレンは一向に姿を見せない。

「いやぁ、カッコいいね。この国の正装は『銀』なんだね。カッコいいよ」

ダレンを待つのに飽きたアルナードがレオンの正装を見て、しきりに褒める。レオンは恥ずかしがりながらそれをいなすのだが、それにしてもダレンの登場が遅過ぎると思い始めた。

観客席もなかなか始まらない魔法闘技に少しざわついていた。

やがて、東寮の代表であるレイド・フォルスが姿を見せる。

「えー、お集まりの皆さん。それから生徒諸君。お知らせいたします。魔法闘技に出場予定だった東寮の代表、ダレン・ロアスですが、先程の『飛行』レースにて負傷したため、魔法闘技への出場を辞退させます」

レイドの言葉に観客席から落胆の声が漏《も》れる。それを待っていたかのようにレイドは両手を大々的に広げる。

「しかし、他の寮の三人が了承してくれるならば、この人物を代わりとして出場させたいと思います」

レイドの声と共に入ってきた生徒を見て、観客席からは歓声が上がった。

魔法闘技では事前に登録した選手以外の出場を原則として認めていない。

しかし、やむを得ない事情がある場合、出場する他の生徒が許諾すれば出場選手の変更ができるのだ。

そして、この状況ではレオンたちは断ることもできない。

登場したのはこの国の第二王子、ヒースクリフ・デュエンだったのだから。


ヒースクリフの登場より少し前のこと——

「クソッ、何でだよ」

控室の椅子に座りながらダレンは悪態をついた。

ダレンの右足は見事に腫《は》れ上がり、真っ赤になっている。東寮の女子生徒がダレンの足に治癒を促進する魔法をかけているが、すぐに動くことは難しそうだ。

ダレンが怪我をしたのは不慮《ふりょ》の事故だった。

「飛行」レースの第一試合目、他の寮の生徒を置き去りにしようとスタートからスピードを出したダレンは、コースに出現する障害物、土の壁を難なくかわし、カーブ地点に差しかかった。

そこで、追い上げていた他寮の生徒と接触してしまったのだ。

ぶつかる、と思った時にはもう遅く、その生徒と衝突したダレンは勢いそのままに観客席の方へと突っ込んだ。

観客席には教師陣の張った防御魔法があるため被害は出ないのだが、ダレンは観客にぶつからないように咄嗟《とっさ》に魔法を使って無理やり体勢を変え、防御魔法の壁に足をついてしまった。

この足のつき方が悪かったのである。

「観客席の防御魔法のことは事前に伝えてあったはずだ。そのままぶつかっていればこんな大怪我をすることはなかった。何故魔法で位置を変えた」

レイドはダレンの行動の理由を問う。

各寮生の怪我や病気は監督生の管理不行き届きと見做《みな》されるのだ。「俺の評価が下がるだろうが」ということではなく、監督生には生徒が怪我をした理由を知っておく必要がある。

「……子供がいたんだよ」

レイドに問い詰められてダレンは渋々《しぶしぶ》といった様子で呟く。

ダレンが観客席にぶつかると思った瞬間、彼の目に映ったのは魔法祭を見に来ていた平民の女の子であった。体は少女の方へ真っ直ぐに飛ばされていた。マズイ、と思った時には既に魔法を発動していたのだ。

「防御魔法のことはしっかり頭にあったし、理解していた。でも、体が反応しちまったんだ。仕方ねぇだろ」

ダレンの言い分を聞いて、レイドはそれ以上彼を責めることはしなかった。

「とにかく、魔法闘技は辞退しろ」

「ハァ⁉　ふざけんなっ……」

レイドの言葉にダレンは立ち上がり抗議しようとしたが、痛みのあまり立てない。

「そんな足でどうやって戦うつもりだ。怪我人が出ることは観客を不安にさせるだけだし、他の代表にも失礼になる」

レイドは冷たく言い放つが、内心ではダレンの気持ちを理解している。しかし、監督生という立場上、許可を出すわけにはいかないのだ。

「というわけだ、ダレンは辞退させる。お前が出ないと言うなら初日の魔法闘技、うちは不戦敗になるが、どうする」

レイドの言葉の矛先《ほこさき》は控室の隅で一部始終を見ていたヒースクリフに向けられる。ヒースリフは何も言わずにその場で目を閉じ、考え込んでいる。出るべきか、出ないべきか自分でも決めあぐねているようだ。しかし、やがて目を開きダレンを見る。

「ダレン、君の代わりに僕が戦うことを許してくれるかい？」

ヒースクリフのその言葉にダレンは反対しようとした。

魔法外地実習での出来事はダレンも知っている。

だが、その後のヒースクリフの変化を知らないダレンは、彼をレオンやルイズと戦わせたら観客に醜態《しゅうたい》をさらすことになると思っていた。

それはヒースクリフのためにも、この国の人間のためにも良くない。そう思ったのだが、ダレンは真っ直ぐに自分を見るヒースクリフの目を見て、言うのをやめた。

その代わりに、ただ一言。

「負けんじゃねぇぞ」

以前はダレンの口調を咎めたヒースクリフだったが、今の彼はその言葉にフッと笑い、控室を出ていく。二人は幼い頃、王宮の社交界で出会ってからの長い付き合いである。それでも二人の心がしっかりと通じ合ったのはこの時が初めてだった。


闘技場に現れた新たな東寮の代表に観客は歓声を上げている。

今からこの国の第二王子の戦いが見られるのだ。それを喜ばない観客はいない。レオンたち他の寮の代表もヒースクリフの出場を許諾した。

「カッコよく出てきたところ悪いけど、また負けてもらうわよ」

「僕としては誰が出てきても同じだが、君を相手にして負けるわけにはいかないな」

ルイズはヒースクリフに対して宣戦布告し、リーナとマーシャから事情を聞いているアルナードは彼に対して闘志《とうし》を剥《む》き出しにする。

「悪いが、旧友に『負けるな』と言われていてね。せいぜい抗わせてもらうよ」

ヒースクリフも出てきた以上負けるつもりはない。己の弱さを認めたとはいえ、彼は元々負けず嫌いな性格だった。

「ダレンは大丈夫？」

レオンの言葉にヒースクリフは頷く。

「腫れは酷いが、治癒系の魔法が得意な二年生が治療してくれている。明日には動けるようになるだろう」

それを聞いて、レオンはホッとする。

「さて、観客をだいぶ待たせてしまったことだし、そろそろ始めたいんだが準備はいいかな、君たち」

魔法闘技の審判を務めるグラントが舞台に上がりながら尋ねると、四人はそれぞれ頷いた。

「それでは大変長らくお待たせいたしました。魔法闘技一年生の部をこれより開始いたします」

グラントの大きな声が会場中に響き渡る。

「まずは各寮の代表をご紹介しましょう。東寮、ヒースクリフ・デュエン」

オオオォォ！　とどよめく観客に応え、ヒースクリフが頭を下げる。グラントは同様にルイズ、アルナードと紹介していき、そのたびに観客席からは歓声が上がる。

「そして最後に、南寮代表、レオン・ハートフィリア！」

グラントの紹介に観客席から一際大きな歓声が上がった。その歓声を予想していなかったレオンは驚いて固まってしまう。

「ちょっと、レオン！　頭下げるのよ、頭！」

呆気に取られているレオンにルイズが小声で指示を出し、彼はハッと我に返って頭を下げた。

どうやら平民席からの歓声がすごいようだ。

レオンが平民だと知った観客たちの期待の表れだろう。

「気合入れてきた甲斐《かい》があったわね」

冗談めかしてルイズが言う。

レオンは気恥ずかしい気持ちと嬉しい気持ちを抱えながら、「負けたくないな」と思った。

この歓声の中にはドミニクやレンネ、マルクスのものもあるだろう。自分を応援してくれている声のためにも精一杯がんばろうと決めた。

「最後に言っておくけど、私、手加減も油断もしないから」

「ルイズ嬢、悪いが今回ばかりは僕も譲れない」

「君たちが強いのは知っているが、僕だって負ける気はない」

「皆気持ちは同じってことだね。正々堂々戦おう。恨みっこなしだ」

魔法闘技の舞台の四隅に立つ四人は、それぞれ顔を見合わせた。皆、緊張しながらも何故か嬉しそうな表情を浮かべている。

魔法闘技の代表は現時点で一年生の上位四人。

その勝負の行方に他の一年生たちも興味津々だ。

「負けんなよ、レオン」

生徒用の観客席からマークが呟く。

「大丈夫さ、彼は強い」

クエンティンがマークの肩に手を置いて言った。

魔法闘技審判のグラントが「飛行」で舞台の真上に飛び上がる。

そこから四人を見下ろした彼は、少し間を空けて――

「始めっ！」

魔法闘技の一年生の部が今、始まった。

最初に動いたのはルイズだ。グラントの声とほぼ同時にルイズは魔法を発動し、三人に向けて放つ。それは「蔓《つる》」の魔法だった。

闘技場の舞台を突き抜けて飛び出した蔓が三人の足に絡まり、動きを封《ふう》じる。

レオンにも見せていないルイズの隠し玉の一つだった。レオンとアルナードは冷静に蔓を切り、ヒースクリフは蔓を燃やして脱出しようとした。

「切る方が正解だったわね」

ルイズの言葉の通り、蔓は燃やした側からすぐに再生し、さらに太くなってヒースクリフの足に絡みついた。

「クッ……魔力を吸収するのか」

ルイズの出した蔓はヒースクリフの炎から魔力を吸って再生する仕組みのようだ。

ヒースクリフはレオンやアルナードのように蔓を切り離して脱出を図る。ルイズはその隙にヒースクリフの元へ突撃していく。

「魔法を発動する時の隙について教えてくれたのは君だったな」

ヒースクリフはルイズのその動きをしっかりと目で追っていた。突撃してくるルイズの動きに合わせ、魔法で衝撃を発生させ、彼女の背負う旗を狙う。

間一髪ではあるが、ルイズはそれを避けた。その後ろをアルナードが取り、ルイズに追撃の魔法を放つ。

「女性の背後を取るのは忍びないが、勝つためだ、許してくれ」

アルナードのその追撃をルイズはまたもや間一髪で避ける。彼女は持ち前の反射神経と、右手で常に「衝撃」の魔法を放ち、地面に当てて体を細かく移動させるという工夫を凝らし、瞬発力を上げていた。

アルナードの魔法をかわすために宙へ飛び上がったルイズは、目の前にレオンがいることに気づいた。

「あら、奇遇ね。もしかして攻撃しようとしてる？」

ルイズがそう言い終わるよりも早く、レオンは魔法で彼女の旗を狙った。

しかし、その攻撃はルイズを大きく外れ、観客席に張られた防御魔法に当たって消えてしまった。

レオンがルイズを攻撃するより先に、ヒースクリフがレオンを攻撃してきたのだ。それを避けたせいで、レオンはルイズへの攻撃の照準を合わせることができなかった。

ルイズはその間に距離を取り、レオンもヒースクリフから離れたところに着地する。四人は自然と離れた位置に立った。

レオンは左手で常に防御魔法を構築しながら、他三人の様子を窺う。

彼から見て一番落としやすそうなのはやはりヒースクリフだった。

魔法の才能に溢れているとはいえ、技術的には脅威《きょうい》ではない。

魔法祭までの三週間を魔法を使わずに過ごしたヒースクリフには、技術を磨く時間などなかったのである。

反対に一番注意するべきなのはアルナードだろうか。素早い動きで見たこともない魔法を使うルイズは確かに強敵ではあるが、そのルイズの背中を取ったアルナードの動きはレオンと似ていた。

彼が自分と同じように端《はし》を取り、標的を挟み撃ちにしようとしていると気づいたのだ。

アルナードの動きにレオンが合わせればヒースクリフ、ルイズを落としやすい。だが、最終的に残った彼と一対一で戦わなければいけないということにもなる。

手のうちの見えないアルナードとの一対一は、レオンの望むところではないのだが……

考えていると、アルナードと視線が合った。その瞳が「行くぞ」と言っているように見えた。

「なっ⁉」

急に動き出したアルナードを見て、レオンも思わず合わせに行く。

その飛び出しはルイズに匹敵《ひってき》するほど速い。素早く動いたアルナードは再びルイズの背後を取ろうとしている。

ルイズも即座に反応し、左手で防御魔法を構築してアルナードに向き直るが、今度はその背後をレオンが取った。

一瞬の出来事で、観客にもわけがわからないまま、ルイズの旗はレオンの魔法に撃ち抜かれた。

息を吐く暇もなくやられたルイズは尻餅をついてしまう。

「あ、あなたたち、いつ打ち合わせしたの？　速すぎるんだけど！」

アルナードは申し訳なさそうに笑い、レオンもそれに倣《なら》う。

旗を撃ち抜かれたルイズはここで退場となり、旗に仕掛けられた魔法により舞台の外へと引っ張り出された。

舞台の上にはレオン、アルナード、ヒースクリフの三人が残る。

「さっきの動き、やはり見込んだ通りだったよ、ハートフィリア君」

お互いに距離を取りつつ、相手の出方を見定めながらアルナードが言う。

「まさか、本当に動くとは思わなかったけどね」

レオンもそれに返して、ニヤリと笑う。

「お互い考え方が似ているようだ。なら、次はどうするかわかるね」

アルナードの姿が消えた。

いや、消えたと思うほど速いのだ。アルナードはヒースクリフに向けて真っ直ぐに進んでいく。

それを追うようにレオンも動き出す。レオンが狙うのは当然ヒースクリフ……ではなく、ヒースクリフを狙うアルナードだった。

ヒースクリフには悪いが、最後にアルナードと一対一をするよりも彼を狙う隙をついてアルナードを倒し、最後にヒースクリフと戦った方が勝算があるとレオンは考えていた。

突然二人に突っ込まれたヒースクリフは両手で防御魔法を構築しようとしている。しかし、それよりも速くアルナードは彼の背後を取っていた。

アルナードはヒースクリフの背中の旗に向けて手のひらをかざす。魔法を発動すれば確実に旗を撃ち抜ける距離だった。

ここだっ！　とレオンは動き出した。

アルナードが魔法を発動するよりも速く、彼の横へ飛び出したのである。ヒースクリフに意識を集中させている今ならば隙をついてアルナードの旗を撃ち抜ける。

そう確信していたレオンだったが、甘かった。

「君と僕は考え方が似ていると、言っただろ！」

アルナードがヒースクリフにかざしていた手を突然レオンの方へ向けたのだ。

マズイ、とレオンは思ったが、もう遅い。

レオンは攻撃魔法を撃つ体勢に入っていた。

それはアルナードも同じである。どちらかが撃つのをやめれば、やめた方は相手の魔法を喰らうだけ。撃つしかなかった。

あとはどちらの魔法がより正確に、素早く旗を撃ち抜けるかしかない。

「君たち、僕のことを忘れすぎてないか？」

ここにヒースクリフがいなければ、だった。

アルナードがレオンの方へ向き直った瞬間、ヒースクリフは防御魔法の構築を即座にやめて、攻撃魔法を作り出していた。狙うのは自分の目の前にいるアルナードである。

それは構築を急いだヒースクリフが出せる限界の魔法。派手さも威力もないその魔法は、王族らしさの欠片もない。肉体に当たったところでかすり傷がつく程度の魔法であった。

しかし、ヒースクリフが放ったその小さな衝撃波は確実にアルナードの旗を撃ち抜いた。

「……まさか、こんなはしたない負け方をするとはね。王子様を見くびりすぎた僕の至らなさに腹が立つよ」

旗を撃ち抜かれたアルナードは魔法を撃つのをやめ、退場していく。

それを見て、レオンは魔法の矛先をヒースクリフへと向けた。

ヒースクリフはその魔法をなんとか避ける。攻撃と防御の魔法を同時に発動できないヒースクリフはレオンに対し、防御し続けるか、かわして攻撃するかしかない。

それをレオンはわかっているため、攻撃の手を止めなかった。

「さすがだな、ハートフィリア。今になってようやく、君のすごさがよくわかる」

ヒースクリフはレオンの魔法を避けるのをやめた。自分を囲むように透明な壁を作り出し、攻撃を防ぐ。

レオンはその防御魔法を打ち破ろうと魔法を何度も撃ち続けるが、防御に徹したヒースクリフは固く、なかなか崩せなかった。

全方位に作り出した透明な壁を、ヒースクリフはジリジリと押し広げていく。攻撃と防御を同時に行えない彼にはこの手しかなかった。

魔法闘技では舞台の外に出ることは禁止されているため、舞台上を覆うほどの大きさまで防御魔法を広げ、レオンの足場をなくそうというのだ。

透明なドーム状の魔法は舞台の床を抉《えぐ》りながら、レオンへと近づいていく。

レオンは「飛行」で上空に逃げた。舞台の中心で魔法を構築するヒースクリフの真上を取る。

彼の硬い魔法を打ち破るため、レオンも最大威力の魔法を放つつもりだ。

ヒースクリフは自らの魔力を全て注ぎ込むつもりで防御魔法を展開する。

魔法祭のために作られた競技場には天井がついているため、上空でも逃げられる範囲は決まっていた。そこから押し出せばヒースクリフの勝利、それより先に防御魔法を破ればレオンの勝利である。

「こんな戦い方しか思い浮かばないなんて、我ながら自分が情けなくなるな」

「いや、いい方法だと思うよ。少なくとも以前の君より僕はずっと好きだ」

お互いを睨みながら、ヒースクリフとレオンは言葉を交わす。その直後、レオンは威力を最大に高めた「衝撃」の魔法を放った。大きくはないが、速度が速い。

放った直後にヒースクリフの防御魔法とぶつかった。

ヒースクリフは両手を頭上に上げて耐える。

実際に魔法の重みがのしかかってくるわけではないが、そうした方が耐えるイメージが湧くのだ。

反対にレオンは魔法を押し込むようにイメージし、腕を振り下げている。

ゴゴゴゴゴゴと凄《すさ》まじい轟音が鳴る。

観客たちは勝負の行方を固唾《かたず》を呑んで見守っている。

パキ、パキ、と少しずつヒースクリフの魔法がひび割れていくのを映像が捉えた。

「クッ……ここまでか」

ヒースクリフは己の限界を感じ始めていた。防御魔法が破られるというだけでなく、防御魔法に魔力を注ぎ込みすぎたため、自身の魔力も底をつきかけているのだ。ついに、ヒースクリフは片膝を突いてしまう。それでも両手は頭上に上げ、最後の最後まで耐え抜こうと必死だった。

レオンは左手で魔法を維持しながら、右手で新たに魔法を構築し始める。

もう一押し。もう一押しで勝てる。

レオンが右手で構築したのは試射の時と同じ魔法「火球」だった。放たれた「火球」はものすごい速さで防御魔法へと向かっていき、貫いた。

バリンッと、さっきまでよりも大きな音がしてヒースクリフの魔法が壊れる。

防御魔法とぶつかり合っていたレオンの「衝撃」の魔法は勢いを殺されつつも舞台にぶつかり、

大きな土煙を上げた。

レオンは既に上空にはいない。

観客も生徒たちも土煙が晴れるのを待った。勝敗がついたのか、まだなのかすら彼らにはわからない。

やがて煙が晴れ、舞台の上に二つの人影が見えた。

ヒースクリフは膝を突き、その背後に立つレオンがヒースクリフの旗を握りしめている。その拳から放出される魔力で、旗は燃えていた。

ワアッと観客席から歓声が上がる。魔法闘技の決着である。

勝った、とレオンは安堵し沸き上がる観客に向けて旗を掴んでいない方の拳を突き上げる。普段の彼ならばそんな感情に身を任せた行動はしないだろう。しかし、それは観客たちの中にいる自分の家族へと向けられたものだった。立派に成長しているという証を見せたかったのである。

会場に響く歓声は一向に鳴り止まず、場内を包む熱気も冷めていない。

しかし、それも束《つか》の間《ま》の出来事だった。

再び轟音が会場中に響き渡り、競技場の天井が崩れ落ちてくる。レオンとヒースクリフの魔法の衝突によるものではない。

落ちてくる天井の瓦礫《がれき》からレオンは身を守る。

既に満身創痍《まんしんそうい》のヒースクリフの側で二人分の防御魔法を構築しながら、レオンは上空を見上げていた。

崩れ落ち、空から幻影の光が差し込む中、そこに誰かがいた。「飛行」で空中にとどまり、こちらを見下ろしている。

レオンは目を疑う。それは、紛れもなくヒースクリフ・デュエンであった。

魔法学院強襲編

Botsuraku shita kizokuke ni hirowareta node ongaeshide hukkou sasemasu

観客たちは逃げ惑っていた。

上がっているのは先程までの歓声ではなく、悲鳴だった。

崩れ始めた天井の瓦礫が教師陣の張った防御魔法にぶつかり、大きな音を立てている。

それが魔法祭の催《もよお》しでないことは一目瞭然《いちもくりょうぜん》だった。

上空に突如現れた男はヒースクリフ・デュエンにそっくりだった。男は宙に浮いたまま魔法で攻撃を始める。

そこに、先程までの楽しい魔法祭は存在せず、土煙と瓦礫だけの冷たい空間があるだけだった。

「なんだアイツは……」

レオンの横で息を切らしながらヒースクリフが呟く。宙に浮く男の正体はレオンにはもちろんわからない。

ただ一つ確かなのは、上空にいる男は横にいるヒースクリフと全く同じ顔をしているということだけだ。

「レオン！　平気？」

場外から二人の戦いを見ていたルイズとアルナードが合流する。

「何なんだい、アレ。彼にそっくりみたいだけど」

アルナードがチラリとヒースクリフの方を見た。魔法外地実習の時と同じように「お前の仕業か？」と暗に問うているのだ。

「違う！　僕は何もしていない！」

アルナードの目を見たヒースクリフは大きな声で叫ぶ。

慌ててレオンは彼の肩に手を置く。

「大丈夫、わかってる。君を疑ってなんかいないよ」

早朝自分に頭を下げたのも、魔法闘技で懸命に戦っていたのも、演技ではないことはレオンにはわかっていた。

そんな彼が今さらこんなことをするなんて到底思えない。

遅れて、上空で審判をしていたグラントと観客席から見ていたクエンティンがやってきた。

「諸君、状況はわからぬが非常事態だ。ひとまず避難しなさい。ウォルス監督生、一年生を安全に誘導することを命じる」

グラントに言われ、クエンティンは頷いた。すぐにレオンたち四人を連れて走り出す。

選手用の通路を抜けて競技場の外まで出ればひとまず安全だろうという考えの元、控室のあった方へと向かい走る。

「クエンティン先輩、あの変なやつは一体何なんですか？」

魔力切れ寸前のヒースクリフに肩を貸しながら走るレオンが、前を走るクエンティンに尋ねた。

「わからない。ただ、ものすごく嫌な感じの魔力だった」

三年生は既に相手の魔力を感じ取る術《すべ》を授業で学び、身につけている。

競技場を攻撃したヒースクリフ似の男にクエンティンが感じたのは冷たくて、残酷なほど黒い魔力だった。まるで、人間ではない何かのようだと彼は思った。

「魔法生物の本で読んだのだけど、『ドッペルゲンガー』じゃないかしら」

ルイズが話に割って入り、「ドッペルゲンガー」について説明する。

人の魔力と感情を餌にする生物で、その姿は喰らった魔力や感情の持ち主に酷似《こくじ》するのだという。

「じゃあデュエンはアイツに魔力か感情を吸われたのか？」

アルナードの問いにヒースクリフは首を横に振った。

魔法祭が始まるまでの三週間、ヒースクリフはグラントと共にいたのだ。もし、そんな生物が近くにいたらグラントが気づくはず。もちろん、それ以前にも心当たりはない。

「とにかく、今はアイツが何なのかを考えても仕方ないよ。君たちは無事に外に出ることを考えればいい。それ以外は教師と僕たち上級生の仕事さ」

足を止めることなくクエンティンが言った。

まもなく控室が見えてくるはずだが、少し騒がしい。

レオンはその様子に嫌な予感がしていた。レオンたちが控室の前に行くと、そこにはダレンたち東寮の生徒がいた。

足を引きずるダレンに付き添っていた生徒たちが、逃げ遅れているようだ。そして、遅れた原因はそれだけではなかった。

「なんだこれ……化け物じゃないか」

目の前の光景にクエンティンは絶句する。

黒い影のような塊が生徒を襲っているのだ。東寮の監督生、レイドが懸命に戦い、他の生徒に被害が出ないように立ち回っている。

「モゾ？」

その黒い影を見てレオンは最初、夢で見た小さく黒い影のことを思い浮かべた。

しかし、すぐに違うとわかる。それらは普通の人間と同じような大きさと形を持ち、五体もいるのだ。邪悪な気配はレオンにも感じられた。

「レイド！」

五体に囲まれながら自寮の生徒を守るレイドの元に、クエンティンが駆けつける。

「クエンティンか、助かったぜ。悪いがうちのやつらも一緒に連れてってくれ」

レイドはクエンティンを見て笑うが、それが痩《や》せ我慢であることは容易に想像できる。五体の敵を相手に神経を集中させていたのだろう。レイドは額に汗を浮かべて、既に息が切れかけていた。

「そんな状態の君を置いてけないだろ。ひとまず二人でここを切り抜けよう」

クエンティンが魔法を発動しようとするが、レイドはそれを止めた。

「やめろ、こいつら魔法で攻撃すると増えていくんだ。まともに相手すんのは分《ぶ》が悪い」

レイドたち東寮の生徒は逃げ始めてすぐこの黒い影に襲われた。しかし、襲ってきた黒い影は最初はたったの一体だった。

その黒い影を魔法で薙《な》ぎ倒したレイドは、すぐに避難を再開しようとしたのだが、真っ二つにした黒い影がそれぞれ独立した影二体となって再び襲ってきたのだ。

そこからは数を増やさないように戦っていたのだが、他の生徒を狙われ始め、防戦一方となってしまい、結局五体まで数を増やしてしまった。

「俺一人ならまだやれる。お前は他の生徒を連れていけ」

レイドはそう言うが、クエンティンは迷っていた。

彼は三年間を共に過ごした親友である。そう簡単に置いていくことはできない。

「こうすればいいんじゃないかしら？」

ルイズが五体の影に向けて魔法を放つ。

魔法闘技で使った「蔓」の魔法だ。

影の知能は高くないらしく、足に絡みついた蔓をどうにかしようとはせず、動こうともがくだけだった。

「さぁ、今のうちに」

ルイズの合図で、残っていた東寮の生徒たちは動けない影の横をすり抜けて通路を走っていった。

「来たまえ、ダレン・ロアス。僕が運んでやる」

アルナードが声をかけてまともに歩けないダレンを引っ張り上げる。

腕力で引っ張っているように見えるが、「浮遊」の魔法でダレンの体重を軽くしているようだ。

「なるほどね……ヒースクリフ、嫌かもしれないけど我慢して！」

レオンもアルナードを真似てヒースクリフに魔法をかけ、背負うことにした。

「運んでもらっておいて何だが、酷く情けないな僕は」

ヒースクリフは弱音を吐くが、レオンは笑った。

「僕たちもう友達でしょ。助け合わなくちゃね」

ルイズの機転の利《き》いた魔法により、東寮の生徒とレオンたちは無事に競技場の外へ出ることができた。

競技場の外では三年生を中心に生徒たちが観客の避難誘導をしている。

その中にマークとドミニクたちの姿を見つけたレオンはすぐに駆け寄る。

「父さん、母さん！　マルクス！　よかった無事で」

レオンは三人に抱きつく。

観客席に張ってある防御魔法のことを信頼はしていたが、それでも心配していたのだ。

「マーク君がすぐに来て誘導してくれたんだ」

レオンはすぐ側にいたマークにも抱きついた。

「ありがとう、マーク。助かったよ」

「いや、まぁうちの家族も近くにいたからさ。すぐ見つけられてよかったよ」

マークは少し照れくさそうに言う。

「おい、あれ。まずいんじゃないのか？」

観客の一人が指差して言った。

レオンはその方向を見る。競技場の天井は外から見てもわかるほどに崩壊しており、大きな煙が上がっている。

そして、恐らく魔法の衝突であろう音が外まで響いてきていた。

◇

「何なのだ、あの化け物は」

生徒や観客がいなくなった競技場内で、グラントは頭上を飛ぶヒースクリフ似の襲撃者を睨んでいた。競技場には他にも数名の教師がいて、襲撃者とその襲撃者が召喚した影の怪物に対応していた。

グラントは既に襲撃者に対して幾度かの攻撃を行っている。襲撃者はその全てを上手くいなし、耐えている。

姿こそヒースクリフに似ているが、魔法の力は彼を上回っていた。

ヒースクリフの才能に熟練の魔法使いの腕が備わった、そういう強さだ。

「グラント先生、競技場内にいたほぼ全ての人の避難が完了しました。怪我人の報告は今のところありません」

新人の教師がグラントの元へ駆けつけて報告した。

グラントはひとまず安心した。

魔法祭の最中に襲撃者が現れることなど前代未聞《ぜんだいみもん》であるが、魔法学院が主催する催しで不手際があると貴族連中がうるさいのだ。

既に何かしら言われるのは避けられないだろうが、怪我人が出ていないのは救いだった。

「影は攻撃すれば分裂する。動きを封じつつ、あの襲撃者を討《う》つぞ」

グラントの声かけにより、周囲で戦っていた教師たちが襲撃者へ照準を合わせる。

学院が誇るエリートたちによる魔法の一斉放射。しのげる魔法使いは国中を探してもそうそういないだろう。

しかし、襲撃者はその魔法を耐え切った。

魔法による衝撃のあと、立ち込める煙。それが晴れた時、襲撃者は傷一つなく空中に浮いていた。

「ハアアアトフィリアアアアアア」

襲撃者が突然叫ぶ。

聞き取りづらいが、レオンの名を呼んだのは明らかだった。

「グッ……狙いはハートフィリアか」

グラントは気づいたが、少し遅かった。

襲撃者はグラント含むその場にいた教師たちに、大きな「火球」の魔法を放った。

ただの「火球」ではなく、その魔法は巨大な炎の鳥へと姿を変えて教師たちに降り注ぐ。

「防御態勢！」

グラントが叫び、教師陣が上空へ防御魔法を構築する。激しい音が響き、視界が炎の光に包まれた。

教師陣の張った魔法は破られることはなく、被害もないようだ。しかし、先程まで上空にいた襲撃者の姿がない。

今の魔法を目眩《めくら》ましに襲撃者は移動していたのである。生徒たちが避難した方に行ったのは明白だった。

「やつの狙いは生徒の一人だ！　行かせるな！」

グラントが叫ぶが、他の教師たちが追おうとするのを邪魔するように再び黒い影たちが襲ってくる。攻撃魔法を使っていないのに、先程よりも数が多い。

「こいつら、自力で分裂もできるのか」

このままでは、襲撃者を逃してしまう。

グラントがそう思った時だった。

上空から複数の光の柱が降り、黒い影をピンポイントで照らし出した。光の柱に照らされた黒い影は動きを止め、苦しむようにもがいている。

「申し訳ない。遅れました」

グラントの横にふわりと学院長が降り立つ。

今までどこにいたのかと聞くよりも先に、グラントは学院長の姿に驚いていた。

右肩と額から血を流し、服はボロボロになって焦げている。明らかに何かと戦ってきたあとだ。

「一体何が……」

何が起こっているのか、グラントには到底わからなかった。しかし、学院長は間違いなく学院内で一番強い魔法使いだ。

その学院長をここまでボロボロにする強者がいた。

「心配いりません。悪の根源は退けました。ここは私が止めますから、あなたたちはあの襲撃者を追いなさい」

学院長の魔法により、黒い影の妨害はなくなった。

その場にいた教師たちはすぐに襲撃者を追いかけて飛んでいった。

◇

外まで避難したレオンたちは、競技場の方から響く激しい戦闘音を聞いていた。

戦闘に加わっていない教師陣や、学院の生徒たちの誘導により、観客のほとんどがこの地下空間から脱し、地上へと逃げている。残っているのは最後まで誘導に専念していた数人の教師と生徒、一部の観客だけだ。

「おい、アイツだ。来るぞ」

マークが叫んだ。

アイツが何を指しているのかはレオンも見ればわかる。ヒースクリフと同じ顔を持った襲撃者が競技場の壁を破壊して、こちらに突っ込んできたのだ。

「そんな……先生たちは？」

ルイズが焦り、他の生徒たちも動揺を見せる。

クエンティンら三年生と残っていた教師たちは即座に迎撃態勢を整えた。

観客や生徒たちを守るように並び、魔法を展開していく。

「放て！」

一人の教師の合図で構築していた魔法を一斉に襲撃者に向けて撃った。

しかし、襲撃者は止まらない。

「レオンハアアアアトフィリアアアアアア‼」

再び、襲撃者が叫ぶ。その声に当然レオンは反応した。

得体の知れない敵が自分の名前を呼んだ。

心当たりなどあるわけもなかったが、それが意味することはわかる。狙いは自分だ。

アルナードやルイズたちの視線がレオンに集まる。

ここにいてはいけないと、レオンが思うのは必然だった。

自分がここにいては観客や他の生徒たちを巻き込むことになってしまう。

レオンはその場を離れようとする。

しかし、引き止めるように彼の手を取り、離さぬ者がいた。

父親であるドミニクと親友のマークである。

「レオン、やめなさい。お前一人が犠牲になる必要なんてないんだ」

「そうだぜ、レオン。アイツの狙いがお前なら、ここにいる皆で迎え撃てばいいだろ」

レオンはそれでもなお、その場を離れようとしたが二人は彼の手を離さなかった。そうこうしている間に襲撃者はこちらへどんどん近づいてくる。

「一年生各位、今すぐ残りの観客たちを地上へと誘導しなさい！　防御魔法を使える者は直《ただ》ちに展開！」

教師が叫び、一年生は指示に従い避難誘導を急ぐ。

「ハートフィリア、どういうわけかアイツは君を狙っている。そうだな？」

教師の言葉にレオンは頷く。カイルという新任の若い教師だ。カイルはレオンの目の前に特大の防御魔法を構築する。

規模だけで言えば、魔法闘技でヒースクリフが作り出したものと同等か、それ以上だった。

「ハートフィリア、悪いがやつの目を君に向けさせる。何、私が全力で守ってやるから心配はしなくていい」

襲撃者の目がレオンに向けば、観客に被害が出る可能性は少なくなる。

レオンを囮《おとり》に使おうというのだ。生徒を囮にするという判断は教師として間違っているように見えたが、このままではレオンが一人でどこかに行き、襲撃者を引きつけようとする可能性があった。

カイルの発言はそれを阻止するためでもある。

「私も残る。ここの卒業生でこの子の父親だ。学院側の事情もあるだろうが、譲れない」

嫌な予感がしていたドミニクは先にレンネとマルクスを地上に行かせて、自分だけが残っていた。

何かあった時にレオンを守るためだ。

カイルの横に立ったドミニクが彼と同規模の魔法を構築する。それを見て、ルイズやマークたちも防御魔法を発動した。

襲撃者に対し、レオンを守るように防御魔法が展開されていく。

だが、そんな中ヒースクリフだけが何もできず、その場に立っていた。

魔力はほとんど残っておらず、防衛には参加できない。

しかし、逃げることなくここにいる。その目は何かを考えている目だった。

これは僕のせいじゃないのか？

第二王子ヒースクリフ・デュエンは心の中で、己自身に問う。

何故、あの襲撃者は僕に似ている？

何故、アイツはハートフィリアの名前を呼んだ？

問うたびに彼の中で襲撃者の正体が明確になっていく。

攻撃魔法を喰らいながらも真っ直ぐにこちらへ飛んでくる様は、ヒースクリフの目には苦しんでいるように見えた。

あれは僕なのだ、と理解した。

直感でしかなかったが、そう思うと妙に納得できたのだ。

目前まで迫った謎の襲撃者。それは紛れもなく自分自身だとヒースクリフは思った。正確には数週間前までの自分。王族でありながら平民に負け、醜いプライドを胸に抱え込んで鬱屈としていた自分。

「僕の……せいなのか」

ヒースクリフは呟いた。

何がどうして、どうなってあんな化け物が生まれたのかはわからない。しかし、あれが生み出された経緯に自分が関係していないとは思えなかった。襲撃者の醜い感情がヒースクリフには伝わってくるのである。

「憎い憎い憎い憎い憎い憎い憎い憎い憎い憎い憎い憎い憎い憎い憎い」

地面に降り立った襲撃者は叫ぶ。

レオンに対する劣等感がいつからか憎しみへと変わったもの。その感情は酷く冷たくて、最悪だった。

カイルたちが構築した防御魔法に向けて襲撃者が攻撃魔法を放つ。ドス黒い炎の魔法だった。

炎は防御魔法にぶつかり、爆発する。

「グッ……なんて威力だ」

レオンを守り切るつもりで構築され、何人もの手によって何重にも重ねられたはずのその防御魔法を襲撃者はいとも簡単に破壊した。

爆風に巻き込まれ、全員が吹き飛ぶ。

「……レオン」

マークがレオンへと手を伸ばした。

体を飛ばされ、地面に這いつくばりながらも、レオンの目は襲撃者へと向けられていた。

ニタニタと邪悪な笑みを浮かべる襲撃者。

「ハアアトフィリアア」

ただ名前を呼ばれただけなのに、背筋が凍《こお》るほどに恐ろしい。襲撃者の手がレオンに向けられる。

「ハアアッ！」

ドミニクが鋭い矢の魔法で襲撃者を狙い撃つ。

完全な不意打ちだ。矢は襲撃者の頭部を貫いた。

「……逃げろ、レオン」

呟いたドミニクは襲撃者の魔法に弾き飛ばされ、瓦礫の中に突っ込む。

「父さん！」

ドミニクの放った矢は確かに襲撃者の頭部を貫いた。

しかし、襲撃者は何事もなかったかのように立ち続けている。

再び、その手がレオンへと向けられる。

その前にマークが立ち塞がった。

マークは父親から貰った剣を抜き、襲撃者の前で構える。

ただの剣ではない、レオンが「印」を記した剣だ。

マークは剣自体に防御魔法を付与し、その剣で襲撃者の魔法を跳ね返そうとした。当然強大な威力を持つ襲撃者の魔法を自分一人で止められるとは思っていない。レオンを守るために少しでも時間を稼《かせ》げれば、それでよかった。

ガギンッと鈍い音がした。

剣が折れたのである。マークはそのままレオンの後方へと吹っ飛ばされた。

「マーク!!」

レオンは叫ぶが、立ち上がることはできなかった。レオンとて、魔法闘技で魔力を消耗《しょうもう》しているのだ。

それは、魔法祭に参加していたほとんどの生徒が同じだった。襲撃者を止めるだけの魔力が彼らには残っていないのである。

襲撃者の手が三度《みたび》レオンに向けられる。今度こそ、彼に魔法を放つつもりだ。

レオンは倒れながらも防御魔法を構築しようとするが、魔力不足のせいか時間がかかってしまう。間に合わない。そう思ったレオンは目を閉じた。

しかし、襲撃者からの攻撃は来ない。

「……？」

閉じた目をゆっくりと開く。レオンの目の前にはヒースクリフが立っていた。襲撃者の方ではない。彼を守るように、襲撃者と向かい合わせに本物のヒースクリフがいたのである。

「もう、やめないか？」

レオンを庇うように両手を広げるヒースクリフはそう呟いた。それは襲撃者に語りかけるような口調であった。

不思議なことに、襲撃者はその言葉に耳を傾けるように動きを止めた。

レオンに向けられていた襲撃者の手が震えている。

「君の気持ちはわかる」

ヒースクリフは襲撃者のその手を取った。

その表情は何かを悟ったように優しい。それでいて、悲しげだった。

「君は僕から生まれたんだね。僕の弱い心が君を生み出したんだ」

誰も動かなかった。その場にいる誰も。

ヒースクリフの背中が「何もするな」と言っているようだった。

「これは、一体」

襲撃者たちを追って、グラントやその他の教師たちも集結する。

倒れているレオンやカイルたちを見れば、ここで襲撃者との戦闘があったことはわかる。その中心に襲撃者とヒースクリフがいるのを見たグラントが叫ぶ。

「デュエンから離れなさい！」

グラントが渾身《こんしん》の魔法を放つ。魔法は襲撃者の眼前で爆発し、その爆風にレオンとヒースクリフは飛ばされた。唯一立っていたのは襲撃者のみだった。

他の教師たちも次々と魔法を繰り出す。彼らの目にはヒースクリフが襲撃者に狙われているように見えた。

大事な第二王子を怪我させられたとあっては国王に弁解する余地もない。教師陣の放った魔法はどれも、普通なら一撃で決着がつけられるほど高威力だった。

先に放たれたグラントの魔法により襲撃者とレオン、ヒースクリフの間にはそれなりに距離ができた。

生徒を巻き添えにする危険がなくなり、放たれた魔法は襲撃者のみを巻き込んでいく。火柱が上がり、燃え上がる火の渦《うず》の中には砂塵《さじん》や雷撃《らいげき》もあった。

教師一人一人が放った魔法が混ざり合い、一つの大きな魔法として襲撃者を襲ったのである。しかし、その魔法の中でも襲撃者は平然と立っている。

途中から合流したグラントたちは、複雑な状況に混乱しながらも生徒を守るために行動した。それは教師としては正しい判断だったと言える。

だが、その攻撃はヒースクリフが声をかけたことにより静かになっていた襲撃者を刺激するには、十分だったらしい。

襲撃者は再び雄叫《おたけ》びを上げる。

その声をきっかけに襲撃者の両腕から無数の黒い触手《しょくしゅ》のようなものが生え、うねうねと不気味に動いた。襲撃者が腕を振ると触手が伸び、教師たちを襲う。

教師たちは即座に触手を避けようとしたが、無駄だった。

触手はまるでそれ自体が意思を持っているかのように教師たちを追いかける。最初の攻撃でその場にいた半数の魔法使いが捕まってしまった。

「やめろ……もうやめてくれ！」

吹き飛ばされながらも再び立ち上がったヒースクリフが、襲撃者に向けて叫ぶ。

しかし、その声はもう届いていないらしい。

ヒースクリフは自分の無力さを嘆《なげ》いた。

この状況を生み出したのは間違いなく自分のせいだ。自分が声をかければ、あの襲撃者を止められる。彼はそう思っていた。

それも失敗に終わった今、ヒースクリフにできることはほとんどなかった。襲撃者の攻撃を受けた者たちの悲鳴が彼の体を突き刺していく。襲撃者が周りの人々を攻撃する様子を見たくなくて、ヒースクリフは俯いてしまう。

「諦めるなよ！」

そんなヒースクリフの耳に唯一届いたのは、レオンの言葉だった。

すぐ横で倒れていたレオンはボロボロの体に鞭打《むちう》って立ち上がる。よろめくその姿勢とは逆に、力強い視線をヒースクリフに向けていた。

「あいつが何なのか、僕にはわからない。でも、狙いは僕だ。君にはあいつの正体がわかるんだろ？　なら、止められるのは君だけじゃないか」

レオンはフラフラになりながらもヒースクリフの横に肩を並べる。

その視線は既にヒースクリフから離れ、襲撃者の方へ向いている。レオンにつられるようにヒースクリフも襲撃者を見た。

教師たちとの戦いは今もなお続いていて、激戦が繰り広げられている。明らかにグラントたちが劣勢だ。襲撃者の出した触手は教師たちを捕らえて離さず、次から次へと生み出される影の兵士たちのせいで人数的にも不利になっている。

そんな状況にもかかわらず、ヒースクリフの目には襲撃者が酷く辛そうに見えた。攻撃するたびに苦しんでいるように見えるのだ。

「あいつと僕、そして君。僕たちの間に何かしらの関係があるなら、あいつを止められるのは僕たちだけじゃないか」

レオンはそう言うと、襲撃者に向けて歩き出す。

ヒースクリフの言葉で襲撃者の動きが一時的に止まったのをレオンは見ている。今は襲撃者が激昂するあまり届かなかったが、一瞬でも動きを止められれば、再びヒースクリフの声が届くと信じていた。

そして、その動きを止めるためには自分が囮になる必要があるということも。

激昂した襲撃者の攻撃は無差別に繰り出されている。

しかし、最初は明らかにレオンを狙っていたのだ。襲撃者の前に姿をさらせば、矛先は再び彼に向くだろう。

それはレオンにとっては危険を意味するが、グラントたちは戦いやすくなる。攻撃する先がわかっているのならその一点を守り抜けばいいのだ。

レオンが襲撃者の前に進み出ると、思惑通りに襲撃者は彼に目を向ける。

「ハアアアトフィリアアアア」

不気味な声でそう言うと、それまで教師たちを狙っていた触手を全てレオンに伸ばしてくる。その様子を見て彼の思惑に気づいたグラントが即座に叫ぶ。

「ハートフィリアの前に防御魔法を！」

咄嗟の出来事だったが、魔法学院の教師という肩書きは伊達《だて》ではない。

襲撃者の攻撃から逃れた教師たちはその一瞬のうちに見事に防御魔法を展開し、レオンを襲撃者の攻撃から守った。

ヒースクリフはレオンの様子を見て、不思議で仕方なかった。何故、自らを危険にさらせるのかと。

出会ってから今まで、自分とレオンの関係は決して良好ではなかった。それなのに何故そんなにも簡単に信じてくれるのか、ヒースクリフはわからなかったのだ。

レオンは教師たちの防御魔法に守られながら、最後の魔力を振り絞り魔法を構築していた。

彼の両腕に魔力が集まり、構築された魔法で赤く燃え上がっていた。

その最中、レオンがヒースクリフを振り返った。その口が何か言っている。襲撃者と教師たちの魔法がぶつかり合う轟音にかき消されたが、ヒースクリフには確かに聞こえた気がした。

「来い」と。

その瞬間にヒースクリフは動き出していた。頭の中でごちゃごちゃと考え込んでいたものが全てなくなり、レオン・ハートフィリアとはこういう男なのだと納得した。いつでも前向きで、人を信じないという選択肢を持たない。

だからこそ彼の周りには人が集まり、自分はそんな彼を疎ましく思っていたのだ。今ここで踏み出せなければ昔の自分に戻ってしまうと、ヒースクリフは確信した。

ヒースクリフが横に並ぶと、レオンは笑っていた。しかし苦しそうでもあり、自分の限界まで魔力を振り絞っているのはヒースクリフにもわかる。

「ヒースクリフ、この魔法を使ってあいつに一瞬の隙を作る。でもこれ、見せかけだけだから気を引くくらいしかできないと思う」

レオンの横に立つヒースクリフも笑っていた。

極限の状態で感情が昂りすぎたのか、レオンにつられたのか、自然と口角が上がってしまう。

笑い合う二人の姿は決して強敵と戦っているようには見えなかった。まるで、初めてできた友達と遊びに行く時のようだ。

レオンは両の手にためた魔法を襲撃者に向けて放つ。

炎の塊が空気に触れて膨《ふく》れ上がり、大きな龍の姿になった。

その魔法にヒースクリフは見覚えがあった。レオンがダレンと決闘した際に彼が使った魔法だ。

ヒースクリフが初めてレオンに敗北感を覚えた魔法だった。

同じ魔法だというのに、それを見た時の気持ちは昔と全く違う。

あの時にヒースクリフが感じたのは恐怖と劣等感。しかし今感じるのは素直な尊敬の念だった。

卓越《たくえつ》した想像力と魔法のコントロールで作られた龍はレオンの技術の高さを表している。

目の前に突然火の龍が現れたことにより、襲撃者の動きが止まった。

驚いているのか、昔のヒースクリフのように龍に恐怖心を抱いたのか。とにかく、それは明らかな隙だった。

その隙を見逃さずにヒースクリフは襲撃者に飛びついた。

「僕にはわかっている。悔しいんだろう、辛いんだろう。でも、彼を憎んでも何も解決しないんだ。『自分自身』と向き合わない限り、決してなくならないんだ」

しがみつきながら、ヒースクリフは叫んだ。彼には襲撃者の「憎い」という感情が手に取るようにわかる。その憎しみの向くべき矛先がレオンでないことは、他ならぬヒースクリフが一番理解していた。

目の前にいる襲撃者は、間違いなく過去の自分。己の弱さを認めず、階級に縛られていた自分である。

自身をエリートだと信じ込み、王位を継承するためには常に一番でなくてはならないと信じていた。だからこそ、平民であるレオンが上にいることを許せなかった。

しかし、それは自分の存在を守るための逃げでしかなかった。

自分より優秀な者を呪っても本当の意味で救われることはない。救われたいのならば、自分が変わるしかなかったのだ。

「僕は君を生み出してしまった。それも、僕の『弱さ』だ。だからこそ、僕は君を見捨てられない」

ヒースクリフは襲撃者の手を両手で握る。

魔法を放ったあと、地面に倒れながらも一番近くでその様子を見ていたレオンには、襲撃者が戸惑っているように見えた。

魔力量がほとんど限界だったはずのヒースクリフの手から、レオンは大きな魔力を感じた。

目の前の襲撃者から魔力を吸い取っているようだ。

襲撃者の手を通して魔力がヒースクリフに流れ、彼の中で膨らんでいく。

「ヒースクリフ……何を」

レオンは動かない体を引きずってヒースクリフに近づこうとする。

彼は振り向いてレオンの方を見た。

「ハートフィリア、すまない……最後まで、僕は君のようになれなかった。でも……この責任だけは僕がとる」

そう言って笑うヒースクリフの体の中で、魔力がどんどん高まっている。

しかし、その魔力は魔法としての形を成していない。

「やめなさい、デュエン！　そんなことをすれば、体が持たない！」

グラントが叫ぶ。

ヒースクリフは、自らの体に襲撃者の全ての魔力を吸い上げようとしているのだ。

通常、他者の魔力を吸い上げることなどできない。襲撃者の魔力をヒースクリフが吸収できることこそが、襲撃者がヒースクリフから生まれたものだと証明していた。

「僕には他に方法がない。こいつを生み出したのが僕なら……僕がこいつを吸収する」

ヒースクリフの体が明々《あかあか》と輝き出した。

襲撃者の保有する魔力量が多く、彼の体が限界を迎えようとしているのだ。

直後、襲撃者は力を失い、倒れるように消えていく。

最後には燃えるような光を放つヒースクリフだけが残った。

「ダメだ、ヒースクリフ……君がそんなことをする必要なんてない。そんなの責任をとるって言わないだろ！」

レオンは這いずりながらも確実にヒースクリフに近づいていく。近寄って、何ができるかなどわからない。ただ、ここで何もしなければヒースクリフは吸い上げた魔力に体を侵され、消滅してしまうだろう。

レオンの手がヒースクリフに伸びる。あと僅か。

「ふふ……そうだな。これは責任どうこうじゃない。僕のわがままだ。甘やかされて生きてきた僕の最後のわがまま。僕は君と本当の友人に……なりたかった」

最後にヒースクリフはそう言った。それと同時にレオンの指先がヒースクリフのズボンの裾《すそ》に触れた。

「なれるさ！　これから……僕たちは本当の友達に！　……ヒース‼」

眩《まばゆ》いばかりの光がレオンとヒースクリフの二人を包み込んだ。

◇

レオンは目覚めると真っ白な世界にいた。

右も左も、上も下も全てが真っ白。

ただそこにポツンと立っていた。現状を理解できない戸惑いはあったが、何故だか不安はなかった。

その白い世界はレオンにとって温かい感じがしたのだ。そして、自分が死んだわけではないということもなんとなくわかっていた。

「さすがに、聡《さと》いね」

突然聞こえたその声にレオンは振り向く。

声の主はレオンと同じような白い髪を持った男性だった。

「ファ・ラエイル……」

レオンは直感的に、その人物が伝説と呼ばれている古《いにしえ》の白い悪魔であることを理解する。

男性はクスッと笑う。

「その呼び名は好きじゃないんだ。エレノアと呼んでくれ」

伝説の悪魔ファ・ラエイル――エレノアはそう言ってからレオンの横に並び立つ。するりと、レオンの側を黒猫が通った。モゾだ。

モゾはエレノアの足元まで行くと、愛《いと》おしそうにすり寄っている。

「おや、君は……そうか、随分と可愛らしい姿を貰ったんだね」

エレノアはモゾを撫でながら優しく、そして懐かしそうな視線を送り、何かに納得したようにそう言った。モゾのことを初めから知っていたかのような口ぶりだった。

モゾから離れて、エレノアの視線の先が床に移る。ただの白い床だったその場所に、四角く切り取られたように窓ができた。

窓の下にはレオンのよく知る王都がある。

先程までレオンがいた学院や、地下なので見えるはずのない競技場まで見えた。

「今回はすまなかったね。少し問題があって……予定外の邪魔者が入ってしまった」

エレノアは眼下に映る景色を楽しそうに眺めながら言う。

レオンにはなんのことかわからなかったが、邪魔者が襲撃者のことを指しているのは察せられた。

「安心していい、元凶となった悪魔は既に捕まえた。今後はこんなことはないだろう……本来ならば、君に干渉することなく終わらせたかった。しかし、思いの外《ほか》ことが大きくなってしまってね」

窓には競技場の外で倒れるレオンとヒースクリフの姿が映し出される。

二人は今まさにグラントやカイルたちに担がれて運ばれようとしていた。

「僕たちが映ってる……ということはここにいる僕は何？」

レオンは自身の体を手で触り、存在を確かめる。

間違いなく、体はここにあった。

「聞きたいことは山ほどあるだろう。その全てに答えることはできない。ただ一つ言えるのは、君と王子は無事だということだけだ」

エレノアはそう言ってからレオンの肩に手を置く。

レオンは改めてエレノアの顔をしっかり見た。突然現れた伝説の悪魔はその名に相応《ふさわ》しくないほど、優しい顔をしている。

「何故僕をここへ連れてきたのですか？　僕とあなたにはどんな関係が？」

エレノアの言う通り、聞きたいことは山ほどあった。

襲撃者のことはもちろんだが、何よりも自分の過去についてや、夢で見る屋敷について。確証はなかったが、レオンは何故かエレノアが全てを知っていると確信していた。

「全てに答えることはできないって言っただろう。ここで答えを知るのは簡単だ。でも、今はまだその時じゃない」

エレノアはトンッとレオンを押した。

レオンの体が窓の外に放り出される。

「今回君を呼んだのは、僕の想定していない展開だったことを知ってほしかったからなんだ。でも君はそれを見事に解決した。そのことを忘れないで。君は決して弱くない……また会おう、レオン・ハートフィリア。君は必ず僕に辿り着ける」

レオンの頭上で悪魔は確かにそう言った。その言葉を最後にレオンは真っ白な世界から抜け出す。

落ちていく体、ぐるぐると回るようによく知る世界が流れていく。

王都や学院、そこで忙《せわ》しなく動き回る人々。

その全てがレオンの脳内を駆け巡っていく。

あまりの情報量に眩暈がしそうだった。

あと数分その状態が続けば、間違いなくレオンは吐いていた。

幸いにもそんなことにはならず、強い衝撃と共にレオンは着地した。


「あら、もう起きたのね」

状況を理解するのに数秒かかる。気がつけば、レオンはベッドの上にいた。横では、ルイズが優しく微笑んでいた。

◇

話はレオンたちの魔法闘技が始まる前まで遡る。

強大かつ凶悪なその魔力に気づいたのは魔法学院の最高責任者、学院長のレイナルド・リーゲンであった。

その魔力の持ち主は学院の教師陣を含むエリートたちを欺《あざむ》くほどに高い技術で、己の魔力を隠していたのだ。

「おやぁ、人間もやるねぇ。まさか僕に気づくなんて」

観客たちが集まり賑わう地下とは違い、魔法学院の敷地内にはほとんど人気《ひとけ》はなかった。その上空にいた男は、自らの元にやってきたレイナルドにそう告げる。

「ここは魔法使いを育成する機関、魔法学院です。あなたのような方が来るところではありません」

レイナルドには目の前にいる人物が何者なのか、全くわからなかった。しかし、その身に纏う邪悪な魔力が学院によからぬことをしようとしているのだと告げている。

レイナルドと対峙《たいじ》した謎の男。赤い髪に、真っ白な瞳。纏う魔力はレイナルドがそれまで感じたことのないほどに暗く澱《よど》んでいる。

「いやね、最近ちょっと面白いオモチャを手に入れたから、それで遊びたくなってさ」

男は不気味に笑う。

「遊び」が学院によくない結果をもたらすことは明らかだった。

即座にレイナルドは魔法を発動する。

高火力かつ、十分な速度を持った本気の一撃だった。

しかし、その男は軽々と避けた。

レイナルドの放った魔法は空の彼方へと消えていく。

「やめときなよ、勝ち目なんてないって。今日はこいつをお披露目《ひろめ》に来ただけなんだからさ」

男がそう言って指を鳴らすとレイナルドの目の前に影が現れ、段々と人の姿へ変わっていく。

それは確かにヒースクリフ・デュエンだった。

しかし、レイナルドは魔法祭に参加しているヒースクリフの姿を確認している。

人形か、または分身か。

レイナルドがその姿に戸惑っている様子を見て、男はケラケラと笑った。

「ちょっと前にさ、なんかすごい感情の揺れを感じて行ってみたんだよ。そしたらさ、コイツがいたの。もう笑っちゃったよ。人間の感情の塊なんて初めて見たからさ」

男が見つけたのはヒースクリフが吐き出した負の感情だった。

あの湖のほとりの小屋で、彼が体の中から解放した負の感情は魔力を帯びて宙を漂《ただよ》っていたのである。

通常、そんなことはありえなかった。しかし、ヒースクリフの激情と彼が持つ魔法の才能が偶発的にそれを可能にしてしまったのだ。

故に、グラントもヒースクリフ自身でさえも、そのことに気がつけなかった。

吐き出されたヒースクリフの感情を見つけた男は、そこにさらに自分の魔力を付加して人形を完成させた。出来上がったのは負の感情のままに行動する化け物だ。

「そんで、こいつに好き勝手行動させたらここまで来ちゃったんだよね。こいつの本体がいるのかな？」

男はそう言ってからヒースクリフの人形を解放した。人形は真っ直ぐに魔法祭の競技場がある地下へと向かっていく。

当然レイナルドはこれを止めようとしたが、その行く手を男が阻《はば》む。

「ダメダメ、完成したと言ってもあんなのちょっとしたお遊びの失敗作なんだから。君みたいな強い人が行ったらすぐに終わっちゃうでしょ？　君はここで、僕とお留守番」

男は両手に魔法を構築し、レイナルドに向ける。

無視できる相手でないことはレイナルドにもわかっていた。

「あなたは……一体何者ですか」

人間の感情から人形を作るなどという魔法は、レイナルドでも聞いたことがない。その魔法の存在を知っている目の前の人物が酷く不気味に見えた。

男は再び無邪気な子供のようにケラケラと笑う。

「僕？　……僕は『感情の悪魔』ア・モーンドさ」

◇

「……と、いうわけで、今回の騒動の首謀者は『感情の悪魔』を名乗るア・モーンドという者であると結論づけた」

魔法祭襲撃の翌日、本来三日間行われる魔法祭は一時中止とされ、医務室のベッドで目覚めたレオンとヒースクリフは学院長室にいた。

学院長室には他にもグラントやカイルといった教師陣がおり、一番奥に座るレイナルドが魔法祭でのア・モーンドとの一幕を説明し終えたところだった。

「その悪魔、本物なのでしょうか」

教師の一人から不安げな声が上がった。

魔法使いにとっての悪魔とは伝説上の存在でしかないのだ。少なくとも、ここ四百年の間に悪魔が人間に接触を図ったという事実はない。

その問いにレイナルドは首を横に振った。

「わかりません。しかし、たった数分彼と戦っただけでこの様《ざま》です」

そう言って包帯でぐるぐるに巻かれた右手を差し出す。

レイナルドと交戦したア・モーンドはいくつか魔法を放ったあと、突然「飽きた」と言って姿を消してしまったのだ。その少しの戦闘でさえ、レイナルドには無限の時のように思えた。それほどまでに力の差を感じた。

「ハートフィリアの話を全て真実とするならば、今回の件はあのア・モーンドの独断と判断して良いでしょう」

グラントが口を挟む。

レオンは白い世界でファ・ラエイルとした会話をありのまま話していた。しかし、グラントやレイナルド含め、全ての教師がレオンのその言葉を完全には信じられなかった。

悪魔の存在ですら規格外なのに、その中でも伝説級の扱いとなっているファ・ラエイルと会ったなどという話は、彼らの常識を完全に逸脱《いつだつ》していた。

その場にいる誰もが何が起こったのか理解できていない中、手に入る情報をなんとか繋ぎ合わせようとしている状態だ。

「……やはり、僕のせいだったのですね」

ずっと無口だったヒースクリフがようやくそう切り出した。

あの襲撃者が自分のせいで生まれたことを察してはいたが、まさか自身の感情がそのまま化け物になるとは考えてもいなかった。

それは才能の表れと言ってもいいのだが、裏を返せば未熟故に起きた事故でもある。己を恥じるようにヒースクリフは唇《くちびる》を噛んでいる。

「デュエン君、君が気にすることではない。責任で言えば、側にいたグラント君にも直前まで気づかなかった私にもある。君が反省すべきは無茶な行動であの状況をなんとかしようとしたことのみだ」

レイナルドはヒースクリフの最後の行動だけを責めた。

人形から極限まで魔力を吸い上げた彼の体は、そのまま消滅していてもおかしくなかった。

しかし、どういうわけかヒースクリフの体に溜まった魔力は自然に減少し、本来の魔力量と同程度まで落ちたのである。

結果だけ見ればあっさりと終息したように思える。だが、その裏にどんな危険があったかをヒースクリフは知っておく必要があった。

「学院としての対応は変わりません。生徒の育成を主として、これからもやっていきます。しかし、未曾有《みぞう》の危機が迫った今、教師一人一人にさらなる安全への意識の向上を求めます」

レイナルドは集まった教師たちに向けてそう告げ、会議を終わらせた。皆がぞろぞろと部屋を出ていく中、レオンはレイナルドに呼び止められ、残る。

「学院は今まで君をただの優秀な生徒だと認識していました。けれども、これからは違います……憶測でしかありませんが、髪の色といい今回のことといい、君とファ・ラエイルには何か大きな繋がりがある。レオン・ハートフィリア、君の前にはこの先、今回のことなど比較にもならないほど大きな壁が現れるかもしれない。しかし、忘れないように。学院も君の友人たちもいつでも君に手を貸す準備をしているということを」

レイナルドに告げられたこの言葉を、レオンはしっかりと胸に刻み込むのだった。

エピローグ

Botsuraku shita kizokuke ni hirowareta node
ongaeshide hukkou sasemasu

「帰るのね」

魔法学院の校門の前でレオンはルイズに会った。

ルイズはレオンと同じように長旅用の大きな荷物を抱えている。魔法学院襲撃から十日が経ち、学院は通常よりも早めの夏休みに入っていた。表向きは破損した地下の修繕のため、本質的には今回の襲撃について調べ、対策を練る時間を設けるためだった。

しかし、そんな理由など関係なく、生徒たちは襲撃のショックに対する療養と単純な骨休めのために帰省する。

「魔法祭の時は結局、あまり家族と過ごせなかったからね」

レオンは苦笑しつつ言う。ドミニクたちはレオンの無事を確かめるため初日の夜までは王都に残っていたが、翌朝には帰っていった。この夏休みを利用して家族との時間を過ごしたい。

「ルイズも今日帰るの？」

レオンの問いにルイズは首を横に振る。

「私の馬車は明日……でも、今日はリタ婆のところに泊めてもらおうと思って」

ルイズはしんみりとした表情で学院の校舎を眺めながら言う。襲撃の余波は強く、学院内には慌ただしい空気と重苦しい雰囲気が混ざり合って存在している。そのどちらも、とても過ごしやすいものではないということはレオンも知っていた。

ルイズと話していると、校舎からヒースクリフが歩いてくるのが見えた。

「それじゃ、私は先に行くわ……良い休日をね」

様子を察してか、ルイズはそう言って校門を出て、リタ婆の店のある方へと歩いていった。

ルイズが去ってすぐ、レオンの元にやってきたヒースクリフが尋ねた。

「帰省するのかい？」

レオンはその言葉に頷いた。

「ヒースはどうするの？」

王都に住む生徒の中には家が近いからと帰省しない者もいる。レオンは「帰省するのか？」という意味で聞いたのだが、ヒースクリフの受け取り方は違ったらしい。

「襲撃者の顔を間近で見た観客も多かったようだ。この夏は父上とその他の貴族たちに弁明するだけで終わるだろうな」

それがどんなに気が重いことなのかは、ため息をつくヒースクリフの姿から容易に想像できる。

二人は互いに見つめ合い、少しの間沈黙した。

「その呼び方……」

やがて、ヒースクリフが声を発する。

「その呼び方、覚えていたんだな」

入学式の日、ヒースクリフは確かにレオンに言ったのだ。「僕はヒースクリフ・デュエン。ヒースと呼んでくれ」と。

「知ってると思うが、あの時の僕は君に対して悪印象しか持っていなかった。あの言葉は形だけだったんだ。改めて謝罪させてほしい」

ヒースクリフはそう言って頭を下げるが、レオンは当然もう気にしてなどいない。

彼は右手を差し出した。

「僕はレオン・ハートフィリア。家は没落した元貴族家で、今はただの平民だ。よろしく」

ヒースクリフは顔を上げ、少し戸惑った表情を浮かべたあとクスッと笑い、その手を握り返した。

「僕はヒースクリフ・デュエンだ。この国の第二王子だが、大した力はない。気楽にヒースと呼んでくれ」

二人は数秒見つめ合って、それから同時に笑い出す。ただの茶番だったが、二人にとってはそれ以上の意味があった。

最後に固く握手をして、レオンはヒースクリフと校門の前で別れた。

伝説の悪魔と同じ、白い髪の少年レオン・ハートフィリア。彼は自身を拾い育て上げてくれた両親を再び貴族にするために前を向く。その道は彼が想定していたものよりも長く、険しいものになるようだ。しかし、その道の先にどんな壁が待っていたとしても、彼と彼の友人たちはそれを乗り越えていくであろう。

レオンは馬車の乗合所に向かう途中、一度足を止めて空を見上げる。透き通るような青空に大きな入道雲が浮かんでいる。

「うーん！　いい天気だ。何かいいことありそう」

青天に気分をよくしたレオンは無邪気に走り出す。その体はまだ線が細いが、初めてこの町に来た時に比べれば確実に頼もしくなっているのだった。

この作品に対する皆様のご意見・ご感想をお待ちしております。

おハガキ・お手紙は以下の宛先にお送りください。

【宛先】

〒 150-6008 東京都渋谷区恵比寿 4-20-3 恵比寿ガーデンプレイスタワー 8F
（株）アルファポリス　書籍感想係

メールフォームでのご意見・ご感想は右のＱＲコードから、
あるいは以下のワードで検索をかけてください。

アルファポリス　書籍の感想　検索

ご感想はこちらから

本書は Web サイト「アルファポリス」（https://www.alphapolis.co.jp/）に投稿されたものを、改稿、加筆のうえ、書籍化したものです。

没落《ぼつらく》した貴族家《きぞくけ》に拾《ひろ》われたので恩返《おんがえ》しで復興《ふっこう》させます

六山葵（ろくやまあおい）

2023年 6月30日初版発行

編集－今井太一・宮田可南子
編集長－太田鉄平
発行者－梶本雄介
発行所－株式会社アルファポリス
〒150-6008 東京都渋谷区恵比寿4-20-3 恵比寿ガーデンプレイスタワー8F
TEL 03-6277-1601（営業）　03-6277-1602（編集）
URL https://www.alphapolis.co.jp/
発売元－株式会社星雲社（共同出版社・流通責任出版社）
〒112-0005東京都文京区水道1-3-30
TEL 03-3868-3275
装丁・本文イラスト－福きつね
装丁デザイン－AFTERGLOW
印刷－中央精版印刷株式会社

価格はカバーに表示されてあります。

落丁乱丁の場合はアルファポリスまでご連絡ください。

送料は小社負担でお取り替えします。


ISBN978-4-434-32187-0　C0093